Les indulgences

Du même auteur

Manu, Calmann-Lévy, 1995.
Le Bateau sec, Calmann-Lévy, 1997.
Onze ans plus tard, Calmann-Lévy, 1999 ; Folio, 2000.
Les Vivants, Calmann-Lévy, 2000 ; Folio, 2002.
Retour d'Uruguay, Mercure de France, 2003 ; Folio, 2005.
L'Adieu au Nord, Mercure de France, 2005.
Fracas, Mercure de France, 2007.
L'Implacable Brutalité du réveil, Mercure de France, 2009.
Un homme ébranlé, Mercure de France, 2011.
Gloria, Flammarion, 2013.
Autopsie d'un père, Flammarion, 2016.
Chronique d'un lieu en partage, L'Atelier, 2017.
Une famille, Flammarion, 2018.

Pascale Kramer

Les indulgences

roman

Flammarion

ISBN : 978-2-0802-4606-6

En souvenir de Jean-Luc Badoux,
inoubliable mentor et ami.

Lausanne, derniers jours à Beausobre

Octobre 1977

C'était peut-être le premier souvenir que Clémence gardait de son oncle Vincent, ou du moins son premier souvenir amoureux. Elle avait treize ans. Ses parents l'avaient déposée tôt chez sa grand-mère à Beausobre avant de repartir réceptionner les meubles à la nouvelle adresse. Le portail en fer dégondé avait basculé dans les laurelles. Le petit Louis l'y attendait, tout seul à fouetter les feuilles avec une cordelette. Elle ne les avait plus revus, toute la famille de Delémont, depuis le dernier été au chalet du lac. Louis était encore un gosse aux joues luisantes dont elle subissait patiemment les envahissements : des intrusions dans sa chambre pour la réclamer dans la sienne ou l'aider à piquer d'épingles ses chignons serrés de gymnaste. Il était devenu si garçon en un an, le front dégagé et large, barré des mêmes sourcils de crin blanc que sa mère, et cette façon reculée de se laisser embrasser.

Arrivé quelques jours avant Karine et les trois petits, Jean-Philippe avait fait le plus gros. De leurs photos à tous ne restait plus qu'un chemin de clous au mur de l'escalier. La maison sentait le bois empoussiéré des placards dévalisés, avec partout des sacs-poubelles béants, des empilements et, au sol, l'empreinte terreuse des tapis. C'est Clémence qui avait insisté pour venir aider avec tout le monde à Beausobre, sans anticiper le choc qu'elle aurait de leur dépossession.

Toute la matinée elle avait aidé sa grand-mère à apporter sur la table de la salle à manger les souvenirs que les trois fils devaient venir se choisir : des gobelets et coupes en étain, deux services en argenterie presque noire dans les alvéoles de satin, des piles de draps et de nappes gaufrés d'initiales, toutes les tailles de vases, des atlas, une encyclopédie, des boîtes de jeux aux cartons cuits, des centaines de partitions. Même les boutons de manchette en or de son grand-père étaient à donner, même les cravates, remarqua Clémence, que ce déballage malmenait. Les plus belles pièces avaient déjà été expédiées à Zurich pour la vente que Vincent organisait chez un confrère. Il était supposé passer dans la journée lui aussi, Clémence se figeait à chaque voiture aperçue par la brèche entre les piliers du portail. Elle avait prétendu en classe avoir assisté au tournage de l'émission qu'une chaîne française lui avait consacrée quelques mois plus tôt. Personne n'avait jamais cherché à la confondre, mais la honte lui cisaillait le ventre à l'idée que le mensonge ait pu arriver jusqu'à lui.

Les petits commençaient déjà à s'ennuyer. Louis était sorti attendre le camion ; Clémence le vit escalader le mur mitoyen et secouer les branches du cornouiller dont les fruits s'abattaient en grêle écarlate dans le gravier. Bientôt une des jumelles déboucha sur le perron pour crier à son frère qu'il allait se faire engueuler. L'indignation la laissait plantée là, dressée, ses omoplates saillant comme des lames de chaque côté de la longue tresse brune. Louis lui répondit par une nouvelle salve de fruits, puis il sauta du mur et boitilla jusqu'à la porte en frottant ses paumes sur son pantalon.

Il a tout fait tomber, constata Clémence assez fort pour réveiller sa grand-mère de l'amnésie où elle semblait s'égarer à recompter chaque chose, une cigarette éteinte pincée entre les deux traits nacrés de ses lèvres minces. Mais Nancy ne réagit pas, amaigrie et droite dans sa robe flottante, semblant ne plus savoir que faire de son briquet. Plus encore que la mise à sac de la maison, réalisa Clémence, c'était ça qui endiablait Louis et l'accablait, elle : la vulnérabilité soudaine, la sorte de défaite, de cette grand-mère anglaise qui fumait des Dunhill et avait toujours exigé qu'ils l'appellent par son prénom.

L'enlèvement du piano commença vers midi. Louis attendait ce moment depuis le matin ; il s'élança du premier dès l'instant où l'arrière béant du camion vint lentement s'aboucher à l'ouverture du portail. Karine le happa dans sa course et le tint fermement contre ses chairs rousses pendant que les déménageurs déposaient leur matériel sur le parquet. Ils étaient trois, auxquels se joignirent les copains de

Jean-Philippe venus aider à démonter les bibliothèques dans la matinée. Clémence les regarda sangler l'instrument et le basculer avec une infinie douceur sur le flanc au milieu des couvertures. Nancy s'était approchée pour assister au sacrilège. Elle avança lentement jusqu'à la cheminée, y chercha appui d'une main aveugle. Clémence n'aimait pas la voir désormais inquiète et ignorée, ou du moins écartée des décisions. Alors elle fila faire un dernier tour à l'étage, dans la chambre bleue où elle avait dormi tous les mercredis soir depuis l'école primaire. La vente de la maison suivait de quelques mois la mort de son grand-père et d'une année à peine l'annonce de la maladie de sa mère. Il y avait une certaine jubilation, une audace, à être si tôt sevrée de son enfance.

La commode avait déjà été vidée ; au fond du tiroir laissé ouvert s'effritaient un petit sac de lavande et les débris d'un papillon de nuit sec comme de la cendre. À côté de la fenêtre, le miroir décroché du mur reflétait la toile emplumée d'accros du sommier. Sur les deux lits défaits, Clémence reconnut les poupées jumelles que sa mère avait tricotées à ses cousines pour leur anniversaire. Elle se pencha vers la rue, le camion reculé semblait s'être engouffré dans les laurelles. Jean-Philippe en revenait avec des sangles. Il s'était laissé pousser la moustache depuis qu'il était sans travail, une moustache fournie et longue, un peu dégoûtante, trouvait Clémence, qui aurait aimé pouvoir rentrer. Elle jeta encore un œil aux affaires des petites, coucha les poupées bouche contre bouche sur le duvet, puis retourna dans le couloir où elle fit courir son bras pour rabattre les portes de placards une à une. Au bout de l'étage, la chambre de sa grand-mère était fermée. Elle était fermée à clé.

La main sur la poignée, Clémence attendit quelques secondes avant d'appuyer à nouveau, en poussant de l'épaule. Laisse-nous, nous allons descendre ! C'était Vincent, Clémence ne comprenait pas à quel moment il était arrivé ni pourquoi il s'était enfermé, elle se sentait cuisante. Aucun son ne sortait de la chambre où Vincent devait attendre de l'entendre s'éloigner. Laisse-nous maintenant s'il te plaît, se fâcha-t-il, nous allons descendre. Clémence se demandait à qui il pensait s'adresser. Elle recula jusqu'à la rambarde, puis s'élança en direction du deuxième d'où elle pourrait surveiller la porte. En bas, le corps démembré du piano traversait le couloir dans une plainte stridente de roulettes. Chassés sur son passage, les trois petits se ruèrent dans l'escalier.

N'allez pas déranger Vincent, leur lança Nancy, le visage tendu vers les étages, semblant à nouveau elle-même et concernée. Karine s'était avancée elle aussi pour regarder ce qu'ils fabriquaient. Elle leur hurla d'obéir, mais Louis n'écoutait rien. Le dos contre le mur, il continuait à monter en narguant ses sœurs, un drôle de sourire à ses lèvres pâles. Et comme l'une d'elles cherchait à lui barrer le passage, il arracha brutalement l'élastique entortillé à sa natte. La petite poussa un cri. Derrière eux, la porte venait de s'ouvrir : la chambre était plongée dans le noir.

Vincent s'immobilisa sur le seuil, mains sur les hanches, un faux air froncé à son étroit visage sur lequel glissaient de longues mèches juste repeignées d'eau. Vous poussez comme des champignons, se moqua-t-il en refermant doucement derrière lui. Il portait un pantalon en velours chocolat et un simple pull noir à col roulé, comme sur la couverture du magazine qui avait traîné longtemps dans la véranda. Rien ne subsistait de la contrariété avec laquelle il avait renvoyé Clémence tout à l'heure. Anne-Lise est fatiguée, confia-t-il aux petits qu'il chassait paumes ouvertes vers l'escalier, n'allez pas la déranger.

Clémence était redescendue de quelques marches, le bras couché sur la rampe, sans bouger, cœur battant ; le voir sortir de cette chambre plongée dans le noir lui avait fait l'impression d'un tel interdit.

Mais quel âge as-tu ? C'était dit dans un souffle. Clémence répondit qu'elle allait avoir treize ans. Treize ans, répéta Vincent en levant vers elle un sourire d'heureuse tendresse. Je compte sur toi pour veiller à ce que ces brigands n'aillent pas embêter Anne-Lise. Puis l'index qu'il pointait vers la porte la désigna un instant, avant de se poser sur son poignet dont il parcourut la dépression tendre au creux de l'articulation.

Clémence restait sans bouger. La surprise de ce bref contact diffusait violemment en elle. Vincent avait disparu dans l'escalier et Louis la narguait, continuant à approcher de la porte de la chambre où il fit mine de donner un coup de pied avant de dévaler les marches. Sa sœur le suivit, sa natte se défaisant dans son dos, alors que l'autre rattachait son lacet en leur criant de l'attendre. Clémence remarqua qu'elles étaient très rouges toutes les deux. Elle se demanda ce qui avait pu les mettre mal à l'aise elles aussi, à sept ans.

Lorsque Clémence commença à redescendre, Vincent se tenait recueilli, à l'écoute de Nancy, le menton pincé entre ses doigts, sa veste en velours accrochée à ses épaules. Il emportait les cravates de son père qu'il empoignait comme une pelote de serpents. Clémence était à quelques marches juste au-dessus d'eux, mais il ne l'avait pas vue. Ne t'inquiète de rien, soufflait-il à sa mère en lui pressant l'épaule. Je la laisse choisir ce qu'elle veut. Elle me rejoint ce soir chez nos amis comme prévu, ajouta-t-il en l'embrassant sur le front, nous restons tout le week-end. Puis il se tourna en direction du salon, agita la poignée de cravates, criant : Salut tout le monde ! Tu ne restes pas ? s'effara Karine qui s'était redressée et s'essuyait le front dans son coude. Une autre fois, lui lança-t-il en faisant volte-face vers le couloir.

Clémence le regarda se dissoudre dans la lumière du dehors sans s'être retourné. Sa grand-mère cherchait la rampe d'une main tâtonnante comme le rebord de la cheminée tout à l'heure. Tu es là ma grande ? s'étonna-t-elle en s'apercevant enfin de sa présence, et peut-être aussi de son trouble, de sa déception.

Anne-Lise avait demandé le divorce. C'est ce que Clémence se fit expliquer du bout des lèvres par sa mère au moment de rentrer le soir en voiture. La nouvelle lui mit le corps en feu, comme si elle pouvait être coupable d'avoir désiré ou précipité quelque chose. Elle se recula au fond de la banquette, cala sa joue à la fraîcheur de la vitre. Ses parents gardaient le silence. Ils étaient claqués, peut-être aussi nostalgiques, et surtout inquiets (Clémence les avait entendus dans la soirée avec Karine et Jean-Philippe) de voir la famille inévitablement se disloquer. À chaque réverbère, le profil de sa mère émergeait brièvement de la pénombre comme un masque vide. Clémence avait vu sa jambe droite flancher au moment de monter dans la voiture. Elle la devinait, comme souvent désormais, dans l'appréhension ou l'attente recueillie d'une avancée de l'inéluctable paralysie. La perspective de ses silences et presque comas pendant les journées à venir l'étouffait lentement d'anxiété.

Un plein sac de cadres à côté d'elle dégageait une odeur de vieux, âcre et asséchante. Clémence replia son coude sur son nez. Sa mère avait baissé la vitre et sorti une cigarette qu'elle alluma en disant qu'il ne fallait pas en parler. Du divorce, précisa-t-elle, se retournant pour lui sourire et tenter d'écarter son bras de son visage. Ça s'est arrangé. C'était les mêmes mots qu'avait employés Nancy tout à l'heure, quand Anne-Lise était enfin redescendue de la chambre. Clémence ne s'expliquait pas mieux la réaction livide de sa tante.

Peu après le départ de Vincent, ils avaient déjeuné de sandwichs dans les fauteuils en osier de la véranda, *notre butin* ironisait Jean-Philippe, laissant entendre qu'il était toujours le moins bien servi des trois frères. Clémence s'était assise un peu à l'écart, dans la lumière d'un des pans de vitrail, un verre fin, confit de bulles, derrière lequel ondulaient les silhouettes des trois petits dans le jardin. Elle n'écoutait qu'à moitié, s'ennuyait, s'inquiétait que ses parents n'appellent pas, se demandait où était passée sa grand-mère et ce que faisait Anne-Lise, traversée soudain par l'idée folle que Vincent ait pu la laisser morte dans la chambre.

Les deux copains de Jean-Philippe revenaient avec des bières. C'est eux qui lancèrent la discussion sur les houleux débats en cours. Jean-Philippe fit rire par un commentaire au sujet de Vincent que Clémence ne comprit pas. Après avoir rallumé sa pipe, il ajouta que Nancy n'aurait pas été contre à l'époque. Karine agita la tête en riant qu'il ne pouvait pas dire ça. Elle se tenait le dos rond comme un homme, les coudes sur les cuisses. Viens discuter avec nous, implora-t-elle Clémence avec une moue grondeuse de la voir en retrait. On vous en parle à l'école de l'initiative sur l'avortement ? Clémence répondit par un haussement d'épaules. En fait, des parents avaient lancé une pétition pour le renvoi d'une prof de biologie accusée de propagande auprès des élèves. On l'avait vue grelottante et en rage dans les toilettes des filles, promettant des vies de merde aux plus déchaînées venues l'accabler de leurs certitudes. Clémence, elle, s'en fichait un peu, personne n'en parlait à la maison. Karine ne faisait plus attention à elle de toute façon. Elle avait commencé à rassembler les bouteilles vides et à trier les couverts. Son pantalon aux poches déchirées laissait voir la naissance des fesses dans une lune de peau pâle. Clémence les trouvait tellement ouvriers, Jean-Philippe et elle, elle se demandait ce que Vincent faisait dans cette famille.

Dans le jardin, les petits avaient fait un grand tas de feuilles qui les enfouissait à tour de rôle. Ils remontèrent bientôt réclamer des biscuits, les joues écarlates et les mains salies de mousse arrachée à l'escalier désormais engorgé de buissons, du côté de la rue Davel. La véranda s'emplissait peu à peu de soleil dans un bouillonnement de fumée. Jean-Philippe ouvrit une des vitres en faisant à nouveau un commentaire sur Vincent – quelque chose comme : On se demande parfois si c'est vraiment notre frère – qui à nouveau fit marrer. Une légère humidité d'automne s'engouffrait dans la maison, happée par le vide. Il était deux heures déjà et la discussion soudain retombée, l'énergie aussi face au vaste double salon mis à nu dont la tapisserie suintait d'ombres brunes.

Lausanne (octobre 1977)

Ils venaient de s'y remettre quand Anne-Lise apparut dans le couloir, enserrée jusqu'aux mollets dans un cardigan clair comme une peau. Elle se dirigea directement à la salle à manger où Clémence courut la rejoindre, la trouvant qui promenait son regard sur toute cette exposition de vieilleries parmi lesquelles elle devait se choisir un cadeau. C'est ce qu'elle confia à sa nièce préférée en l'emprisonnant sous son bras : Il paraît que je dois me choisir un cadeau.

Anne-Lise n'avait que douze ans de plus qu'elle. Tout comme Vincent, elle était différente, elle était française, incroyablement jolie avec sa coupe très courte qui encadrait son visage de petites langues blondes, son regard transparent sous les longues paupières argentées, les sautoirs de couleurs qu'elle faisait ruisseler entre ses doigts. Ses attentions mettaient en effervescence. Pourtant, dans le contexte chamboulant de la journée, Clémence ne se sentait plus tout à fait la même auprès d'elle. La serrant toujours sous son bras, Anne-Lise refaisait lentement le tour de la table. Ses mains sentaient le savon, elle était triste, Clémence le devinait à l'étau insistant de son étreinte.

Des coups se firent entendre, venant du bureau, comme si quelqu'un cherchait à traverser la paroi. Dans le couloir, Jean-Philippe emportait les fauteuils en osier, suivi de Louis qui courut jusqu'au portail, puis vint se hisser à la fenêtre de la salle à manger où son visage rouge et blond leur fit face pendant une fraction de seconde. Anne-Lise avait desserré son bras. Elle va te manquer cette maison ? demanda-t-elle en tapotant un vase de ses ongles laqués. Clémence répondit que non, étonnée elle-même d'en être aussi sûre.

Sa grand-mère venait d'entrer dans la pièce et Anne-Lise se décida soudain pour un miroir dans un large cadre de laque rouge qu'elle fourra dans son sac. Clémence en profita pour se libérer. Nancy s'était approchée de la table, y déplaça quelques objets pour boucher le trou laissé par le miroir. Vincent m'a dit que c'était arrangé, constata-t-elle, un œil fermé par la fumée de la cigarette plantée au coin de son demi-sourire. Oui, confirma Anne-Lise, un oui sans timbre qui parut lui coûter ou l'éteindre. Clémence s'éclipsa et fila dans la chambre bleue d'où elle pouvait surveiller l'arrivée de ses parents.

Ils étaient tous les quatre derrière la porte à ce que put entrevoir Anne-Lise en se redressant sur un coude. Même Clémence, cette nièce gracieuse et acharnée qu'on voyait tous les étés enchaîner les figures en justaucorps sur le ponton du lac. Vincent les contemplait les mains sur les hanches, avec un évident bonheur à les surprendre par sa présence. Vous poussez comme des champignons, l'entendit-elle s'amuser alors que la porte se refermait sur la pénombre de la chambre étrangement intouchée au milieu du déménagement. Pour lui, l'incident de sa menace de divorce était clos, oublié aussi facilement que devaient l'être les filles pelotées dans les couloirs et même les vraies amoureuses emmenées en déplacement. Anne-Lise savait assez avec quelle totale sincérité il s'absolvait. C'est ce qu'il aurait fallu se dire, songea-t-elle, que ça ne comptait pas. Mais alors, qu'est-ce qui comptait ?

Vincent s'était soulevé d'elle au premier frôlement derrière la porte. Nous ne sommes vraiment pas convenables, s'était-il réjoui tout bas en se retirant. Sa gaieté revenue, sa gaieté satisfaite, avait fait resurgir en elle le sentiment d'avoir été piétinée dont elle avait cru s'affranchir en décidant de le quitter. Je me laisse si facilement déposséder, même de mes humiliations, constata-t-elle en le regardant au bord du lit, un pied passé dans son slip, son profil balayé de boucles fines, congédiant à nouveau celui des petits qui faisait gémir la poignée.

Des coups de marteau battaient la cloison dans le salon juste en dessous. Anne-Lise chercha à quoi s'essuyer pour ne pas tacher le couvre-lit. Elle se sentait collante et lâche de donner raison à ce qu'on laissait dire à Nancy : que les couples se réparent sur l'oreiller. Le lit avait été la grande affaire de ses beaux-parents. C'est du moins ce qui se disait entre les trois frères et que trahissait cette chambre aux tons bois et bordeaux sous le feu pâle des appliques. Nancy l'y avait fait monter en la voyant les larmes aux yeux au mot de divorce qu'elle n'avait pas su annoncer avec l'assurance préméditée. Ce n'est pas le moment de faire un drame, tout le monde est là. Elle avait fermé à clé la deuxième porte de la salle de bains donnant sur le couloir pour qu'Anne-Lise ne soit pas dérangée. Reprends-toi et arrange-toi, je lui dis de monter te voir dès qu'il arrive. On ne divorce pas pour des bêtises.

Vincent était arrivé peu après. Il rentrait directement d'un déplacement en Allemagne d'où il l'avait appelée la veille après avoir reçu la lettre, la suppliant de le retrouver à Beausobre comme convenu, il n'était pas question qu'ils se quittent, pas après ce qu'ils avaient vécu. C'est moi qui te quitte, lui objecta-t-elle à nouveau dès qu'il fut là, mais d'une voix mal assurée qui, comme si souvent, la faisait douter elle-même de sa pertinence. Elle l'avait attendu debout face à la porte-fenêtre du balcon donnant sur un joli fouillis d'automne, ne s'était pas retournée à son arrivée, et lui était venu se poster à côté d'elle, mains dans le dos, en signe d'obéissance à la consigne tacite, les yeux fixant les toits et le ciel au-delà des arbres jaunes.

Tu ne comprends pas que la seule chose qui m'importe c'est que nous restions soudés ? Sa bouche pincée semblait déguster un jus amer. Il ne disait pas qu'il l'aimait, pour rien au monde il ne l'aurait dit. Anne-Lise voyait pulser le sang à ses tempes. Qu'elle conteste son bon plaisir le tourmentait pourtant. Ça l'exaspère que j'en souffre, se dit-elle, déstabilisée qu'il en souffre lui aussi, et prise d'une peur soudaine, un envahissement, qu'il se console facilement lui et pas elle.

Une brève détonation dans la rue Davel fit jaillir une poignée d'oiseaux. Comme répondant à ce signal, Vincent pivota face à elle en tirant les doubles rideaux d'un coup sec dans son dos. Tu ne pars pas, voilà tout ! Dans la semi-pénombre tombée sur eux, Anne-Lise voyait ses yeux briller de sa trouvaille, de sa malice, de sa victoire. Sa bouche était sèche, elle avait l'âcreté de ses brefs baisers au réveil, le goût d'une intimité, d'un abandon l'un à l'autre qui n'appartenait peut-être bien qu'à eux, et dont le regret serait impardonnable. Alors elle le laissa presser son ventre contre le sien et réveiller en elle ce soudain et mystérieux besoin d'être vandalisée.

Les petits se bousculaient dans l'escalier. Anne-Lise crut à nouveau voir bouger la poignée de la porte. Elle se hâta de renfiler son pull. Le soleil était réapparu, consumant la toile des rideaux de petits points de braises. Il faisait bon dans la pièce malgré une fade odeur de talc ; Anne-Lise aurait pu s'assoupir. Penché vers la coiffeuse de sa mère, Vincent se repeignait en lui souriant dans le miroir. Que tu es belle, dit-il tout bas en se retournant, montre-toi. La tête inclinée sur le côté, il la parcourait des yeux, tout à la stupéfaction, jamais feinte jurait-il, que lui causait le contraste si bandant entre la perfection enfantine de son visage et sa bouche d'un rouge violent. Que nous aimons ça, se délecta-t-il, lèvre mordue en s'avançant vers elle. Il avait posé un genou sur le lit, glissa sa main entre ses cuisses pour la souiller de leur mouille puis la porta à son nez, avec une moue presque comique de très sérieux ravissement.

Comme nous allons aimer ça, c'était la formule par laquelle il l'avait abordée le premier jour et qu'il répétait pour l'amuser, à chaque rendez-vous qu'Anne-Lise ne cherchait pas vraiment, ou pas sérieusement, à lui refuser, amusée en effet, agacée, troublée par le désir insistant d'un homme comme lui et surtout de son âge. Elle était en dernière année aux Arts décoratifs. Vincent donnait une conférence qu'elle avait dû quitter avant la fin. Tu m'invitais à te suivre, constatait-il en riant de ses dénégations, les yeux posés sur ses lèvres qu'il disait affolantes comme une plaie. Il jurait qu'il saurait attendre que ce soit elle qui décide de tout. Et c'est bel et bien elle qui avait fini par proposer de le retrouver chez lui, un jeudi en début de soirée, sans avoir anticipé qu'il ferait encore jour, ni savoir vraiment ce qui l'avait mise soudain dans cette urgence.

Jamais par la suite Anne-Lise ne retrouva l'anxiété fantastique, amollissante, ressentie au moment de s'engager dans le vaste hall de son immeuble cette première fois. L'appartement était lumineux, quasiment vide sous les plafonds hauts. Vincent l'attendait. Il était ému, presque intimidé, reconnaissant, et il était pieds nus. Anne-Lise ne s'était pas attendue à être tout de suite avec lui dans la profonde intimité à laquelle l'invitaient ses pieds nus sur le parquet. Je te laisse me prendre. Il s'était déshabillé. Son corps d'une minceur adolescente reposait sur le lit, comme reposait son sexe mou sur lequel il attira et emprisonna ses mains à elle, avec une expression de douloureuse attente.

Anne-Lise n'avait pas prévu de rester, mais Vincent exigeait qu'elle patiente au moins jusqu'à ce qu'il fasse tout à fait nuit. Son indocilité, comme il disait, le mettait en joie, et aussi qu'elle habite encore chez sa mère. Il lui fit promettre qu'elle le recevrait un jour dans sa couche de jeune fille. Ses yeux lui souriaient, pleins de douceur, d'impertinence et d'une presque touchante candeur de l'avoir conquise.

Ils se revirent plusieurs fois pendant l'automne. Vincent lui donnait rendez-vous dans des musées, à des ventes chez des particuliers, l'emmenait dans de jolis hôtels en dehors de Lyon, lui faisait essayer des chapeaux. Son bonheur à la surprendre était gratifiant et bavard. Tu es belle, murmurait-il quand Anne-Lise protestait qu'il ne l'écoutait pas. Et il n'écoutait pas en effet, il avait trop à lui raconter, sur les pièces qu'on lui confiait, des objets d'une rareté exceptionnelle qu'il était parfois déchirant de vendre, disait-il, et sur l'indécence de sa bouche, qu'il finissait par baiser pour la rassurer que tout allait bien.

À Noël, Vincent partit quelques jours chez ses parents pendant qu'Anne-Lise fêtait ses vingt ans en Camargue avec des copains, une courte semaine où on moqua beaucoup cet amant dépensier, à l'ancienne, et son ambivalence à elle. Anne-Lise riait des vacheries, préoccupée surtout par le retard de ses règles. La confirmation qu'elle était enceinte tomba peu après son retour. Vincent était en déplacement pour une exposition à Genève. C'est là qu'elle réussit à le joindre, et de là qu'il arriva le lendemain en voiture.

Les fêtes étaient passées, un froid sec figeait la ville sous une lumière de calque blanc. Anne-Lise l'attendait sur les quais, emmitouflée dans un court manteau fourré d'où émergeaient ses jambes en collants verts. Il la fit monter et roula en direction de la sortie de la ville, sans prononcer un mot, deux doigts pressés contre sa joue, lui jetant de temps en temps de brefs regards espiègles et soucieux. Puis tout à coup il se gara, coupa le moteur et se tourna vers elle. Alors nous allons être parents, sembla-t-il décider à l'instant, retirant son gant pour la défaire de son manteau et chercher son ventre sous les couches laineuses. Le froid accentuait la pâleur de sa peau de papier et les fines rides à ses yeux humides. C'était la première fois qu'Anne-Lise le voyait aussi ému, ou du moins ému avec sincérité. Avec amour aussi, crut-elle deviner.

Elle avait trouvé où avorter, savait que l'argent ne serait pas un problème, et s'était dit que ce n'était ni une si grande affaire ni un drame. Tout au plus avait-elle espéré que Vincent l'accompagne et soit ébranlé de la voir souffrir. Sa réaction l'assommait de doutes bien plus que de reconnaissance. Il avait quasiment l'âge de sa mère, son physique et sa vivacité d'oiseau l'émouvaient sans vraiment lui plaire. Elle était séduite par son érudition, qui pourtant la plongeait dans une solitude inédite. Il avait déjà rencontré certains de ses amis à elle mais ne lui avait jamais présenté personne, la laissant en marge, ou exclue, de sa vie publique.

Ne fais pas la connerie de passer à côté de quelqu'un qui aime autant te choyer, la serina sa mère après l'avoir rencontré, avec comme meilleur argument la vie dont Anne-Lise était témoin depuis ses cinq ans, une vie honteuse et empêchée de femme divorcée, au regret d'un mari sans gaieté qui les avait quittées comme on fuit et n'avait même jamais cherché à les remplacer. Vincent appelait chaque jour pour qu'Anne-Lise lui décrive les sensations dont il l'imaginait remplie. Elle traversait des moments de vraies paniques à l'idée de ce qui était en train de se faire ; elle était inquiète surtout d'être tellement plus aimée qu'elle n'aimait. Ce n'était pourtant pas dans ses projets à lui non plus de se marier, ni sans doute avec elle, mais la perspective d'être père semblait être devenue la chose la plus importante à ses yeux.

La date du mariage était arrêtée quand Vincent la présenta à ses parents à Beausobre. Il n'était pas prévu qu'ils y assistent, leur précisa-t-il avec une sereine insolence, pas question non plus d'une cérémonie à l'église. Anne-Lise est d'accord, bien sûr. Et en effet elle l'était, comme si ce relatif catimini ne l'engageait pas tant que cela.

Elle travaillait à son projet de fin d'études, passant des journées entières chez une amie, avec l'impression de vivre deux vies en alternance, dont l'une presque mensongère. C'est un soir en rentrant à la maison à vélo qu'elle sentit une chaleur gluante inonder soudain son entrejambe. Son pantalon était imbibé de sang jusqu'à mi-cuisses lorsqu'elle arriva à l'appartement. Sa mère n'était pas rentrée, Anne-Lise eut le temps de tout mettre à laver après être restée longuement accroupie dans la baignoire à regarder s'écouler d'elle des chapelets de caillots et de grumeaux grisâtres qui l'essoraient de l'intérieur, la laissant sonnée et grelottante.

Elle se mariait deux jours plus tard, paniquée de culpabilité, bouleversante dirait Vincent qu'elle n'avait pas mis au courant, tant elle se reprochait d'être en quelque sorte en train de le piéger. C'est un matin au réveil, dans les draps souillés par les règles revenues, qu'elle réussit à lui parler. Vincent l'écouta en silence, puis enfonça simplement son visage dans le moelleux de son corps vide. Anne-Lise caressait ses mèches en désordre d'ensommeillé. Son haleine lui mouillait le ventre, un instant elle crut même qu'il pleurait. Mais enfin pourquoi n'as-tu rien dit ? J'avais peur que tu m'en veuilles, dit-elle en laissant retomber ses mains dans les draps. Vincent leva vers elle un visage effaré dont la bonté concernée la rassura soudain qu'elle avait fait le choix le plus heureux possible.

Leur appartement comprenait un double salon, un bureau et une grande chambre. Il était meublé de blanc et de palissandre, avec de très beaux parquets et de hautes fenêtres donnant en pleins feuillages et lumières d'une contre-allée. Anne-Lise s'y sentait comme sous son propre regard incrédule. Elle ne retourna pas en cours avant plusieurs semaines. Son nouveau statut l'isolait, elle ne savait pas que faire de la singularité enviable qu'il lui conférait, tout comme elle n'avait jamais su négocier l'avantage d'être de ces filles qu'on dit très jolies.

Puis il y eut les examens, qu'elle réussit mieux qu'espéré, puis arriva l'été. Elle était en congés, ses plus proches amies parties, et Vincent reculait chaque jour le moment de prendre les siens. Comme si souvent par la suite, c'est la solution du chalet familial, en Suisse, près de Neuchâtel, qui s'imposa. Vincent avait obtenu de ses parents qu'ils leur réservent la plus grande chambre, avec toute une paroi de fenêtres donnant sur le lac. Il y aurait Karine, enceinte de sept mois comme elle aurait dû l'être elle aussi, et les jumelles de deux ans. Anne-Lise serait mieux que toute seule en ville toute la journée, elle pourrait nager, dessiner.

Ils firent la route d'une traite, arrivèrent en soirée, à l'heure où le chalet semblait se fondre à la berge. Anne-Lise adora tout de suite cette construction épurée, grinçante de bois sec, traversée de grandes baies vitrées, et simplement posée sur des pieux au milieu d'un champ de joncs craquants d'oiseaux, d'où l'on partait se baigner en barque au large des regards et des bancs de vase. Elle découvrait Claude, son beau-père, dont l'extrême réserve intimidait la sienne, et aussi Vincent en famille et en vacances (à Lyon il avait toujours des expos à voir ou des obligations), absorbé dans la lecture des journaux la plupart du temps, frileux à se mettre à l'eau, en représentation pendant les repas, mais aussi d'une attention entière aux petites, un don presque magicien pour les captiver, même la secrète Clémence de neuf ans, venue pour la première fois sans ses parents.

Oubliant sa promesse de rester au moins quelques jours, Vincent partit le dimanche soir avec Jean-Philippe et leur père. Anne-Lise restait la semaine avec Nancy, les trois petites et Karine. Et c'est de cette femme plus âgée, très maternelle (quelconque disait Vincent), d'une rousseur fantastique, qu'Anne-Lise apprit que pendant qu'elle passait Noël avec ses copains en Camargue, Vincent était à Beausobre avec Carol, une Américaine qu'il devait épouser au printemps.

Les jumelles étaient couchées et Nancy avait emmené Clémence à un spectacle de cirque à quelques kilomètres du village. Karine et Anne-Lise en avaient profité pour se baigner dans la nuit au pied du ponton. À la fraîcheur de l'eau se mêlait le léger dégoût du fond vaseux hérissé d'algues dures. Il y avait un peu de vent qui froissait les joncs dans la lumière blanche de la terrasse. Quand il fit tout à fait noir, Karine alla jeter un œil dans la chambre des petites et revint avec un paquet de cigarettes et des serviettes sur lesquelles elles s'étendirent à la tiédeur des planches.

Le corps abandonné à la fatigue qui montait, Anne-Lise écoutait Karine lui raconter sa rencontre avec Jean-Philippe, leur mariage, sa profonde détresse à la naissance des jumelles, l'emprise que prenait soudain la famille dès l'instant où il y a des enfants. Notre couple a trinqué, à cause du manque de sommeil et de Nancy. Je la trouvais géniale au début, mais elle est tordue, tu verras. Puis elle se tut un instant, sa main répondant aux remuements du bébé sous la peau tendue. C'est bien qu'il t'ait choisie toi, poursuivit-elle, sinon ça aurait été tout le temps la guerre. Anne-Lise se redressa sur un coude. Karine la dévisagea de son étrange regard de cils blancs. Tu ne savais pas ? parut-elle s'émerveiller. Il devait se marier. Nancy pense que tu as prétendu être enceinte pour qu'il rompe, ajouta-t-elle comme pour purger sa gaffe jusqu'au bout. Anne-Lise reposa sa tête contre le bois, doucement, comme on couche un nouveau-né. Elle avait l'impression d'être aspirée par la nuit au-dessus d'elle. Vincent n'avait jamais rien dit et elle jamais rien demandé, jamais douté de rien. Une cour aussi assidue ne pouvait être qu'exclusive, elle n'avait pas l'imagination, pas le moindre soupçon, la moindre possibilité en elle d'un tel dédoublement de soi.

Ils étaient ensemble depuis longtemps ? demanda-t-elle en pressant ses doigts sur ses yeux. Trois ans peut-être, mais il avait annoncé leur mariage peu de temps avant de se ramener avec toi. Tu imagines le scandale, termina Karine avec une sorte de petit rire, sec et triste, tendre. Elle s'était redressée vivement à l'approche d'un cygne posé sur l'eau comme un lampion. Anne-Lise ne voyait plus son visage enfoui sous la paille légère de son incroyable tignasse ; elle avait l'impression d'avoir été laissée seule au monde.

Tu n'avais pas pensé avorter ? Anne-Lise se demanda si Karine mesurait le cadeau qu'elle lui faisait en osant cette question tellement surprenante de sa part. Si, j'avais même une adresse, répondit-elle, avant de marquer un silence et d'ajouter que sa fausse couche avait en fait eu lieu avant le mariage. Karine lui lança un regard joyeusement sidéré par-dessus son épaule. Et il le savait ? Non, il l'a su après. Tout était organisé, tu comprends, je n'ai pas réussi à le lui dire. Je crois surtout que j'avais peur de passer pour une conne, ajouta-t-elle en ramenant son t-shirt sur son visage, dans un geste de contrition.

De la maison leur parvenait l'appel de Clémence qui ne les avait pas trouvées en rentrant et s'élançait, anxieuse, sur le ponton, suivie de sa grand-mère en robe cintrée et sautoir de perles rouges pour la grande occasion de sa sortie avec sa petite-fille. Anne-Lise jeta sa cigarette dans l'eau en regardant approcher cette femme restée svelte et libre, la seule de cette génération à avoir une voiture à elle. Elle se souvenait parfaitement des présentations dans la véranda de Beausobre, du chant léger des flocons contre les vitres, de l'aisance loquace de Vincent face à la retenue de son père, sa très profonde réprobation en fait, comprenait-elle maintenant. Nancy, elle, faisait face avec naturel, insistant pour qu'Anne-Lise la tutoie, défiant son fils de rendre heureuse une aussi jolie femme. Anne-Lise se souvenait de son inconfort à être ainsi dévisagée. Je lui ai sans doute plu, mais elle ne m'a jamais montré d'affection, songea-t-elle, s'apercevant qu'elle s'était méprise sur sa décontraction. C'était d'avoir eu, à son insu, le mauvais rôle aux yeux de tout le monde qui était le plus révoltant. Pour le reste, c'était autre chose, Anne-Lise était trop consciente de ses propres insincérités dans cette histoire. Elle était curieuse de savoir comment Vincent s'y était pris pour rompre avec cette femme. L'avait-il fait à l'occasion d'un week-end ou d'un dîner ? Il en aurait eu tout le loisir, elle avait été si peu inquiète de la vie qu'il menait en dehors d'elle : de fréquents repas, des déplacements à l'étranger dont il revenait avec des cadeaux et une impétuosité formidable à reprendre possession de son corps.

Nancy avait allumé les torches qui enfumeraient la nuit pour éloigner du chalet les moustiques. Anne-Lise resta seule encore un moment, enveloppée dans la serviette, à sentir son cœur se vider. Sous la lumière de la terrasse, Clémence en pyjama était là qui la regardait, qui l'attendait. Anne-Lise l'avait emmenée au marché les deux jours précédents, sans vraiment réussir à décourager sa timidité. Avait-elle connu cette Carol et qu'avait-elle compris (que lui avait-on dit ?) en voyant son oncle passer de l'une à l'autre ?

Il arriva le lendemain soir, après que tout le monde était couché, le visage tendu d'avoir fait la route de nuit par les premières grosses chaleurs, un visage qu'elle n'avait jamais quitté aussi longtemps depuis qu'ils se connaissaient et qu'elle redécouvrait avec surprise.

Mais quelle conne cette Karine, quelle grosse conne ! réagit-il dans une sorte de rire par lequel il espérait peut-être s'en sortir ou la rallier. Arrête ! lui siffla Anne-Lise du fauteuil où elle se tenait reculée, bras croisés. Elle s'était attendue à ce qu'il arrange les choses à son avantage, elle avait même espéré être facilement rassurée, mais pas à ce qu'il la déçoive. Ses mâchoires en tremblaient, elle n'arrivait même plus à penser, les yeux fixés sur l'étendue d'eau noire que traversait un clapotement de moteur. Vincent s'était mis à défaire son sac. La contrariété le transformait ; Anne-Lise découvrait le patron exaspéré qu'il devait être parfois. Son attitude la rendait plus sûre d'elle et détachée, et il dut le sentir car il vint soudain s'asseoir sur le lit face à elle, et, avec sa voix et son expression de toujours, la supplia de lui sourire.

Que crois-tu que Karine sache de ce qui nous arrive ? J'aurais dû t'en parler, je n'ai pas su, c'est comme ça. Mais je n'ai jamais été moche avec toi, jamais avec toi, insista-t-il de façon sidérante. Leurs genoux se touchaient, et, comme Anne-Lise se détournait, il prit sa tête entre ses mains et la pressa avidement contre sa bouche. Il n'avait encore jamais fait ça, jamais avec cette sorte d'humble ferveur, et le désir la surprit d'un coup, d'une impudeur inédite, de même qu'une sorte de volonté experte et militante à se l'attacher pour de bon.

Il était convenu qu'elle reste au moins encore une semaine ou deux, mais elle ne s'imaginait pas passer une journée de plus en compagnie de Nancy, et ne voulait pas non plus que tout cela soit sans douleur pour Vincent. Claude ne posa aucune question en la voyant mettre sa valise dans le coffre, le dimanche après dîner, devant Clémence déconfite et pieds nus sur le chemin de gravillon, mais tout dans son attitude trahissait sa déception. C'est ce jour-là qu'il aurait fallu rompre, savait-elle à présent, alors qu'elle était encore dans la surprise de son changement de vie et moins amoureuse qu'étourdie, flattée, par un homme en vue, drôle et désirant, qui l'entretenait dans une confortable insouciance de l'avenir.

Il était près de deux heures. Cela faisait un moment déjà que Vincent l'avait laissée allongée moitié nue dans la chambre de sa mère. Il devait déjà être à Genève où il était prévu qu'Anne-Lise le rejoigne chez des amis pour le week-end. Elle se leva, alla se rincer au bidet de la grande salle de bains attenante. Les rayonnages de médicaments avaient déjà été en partie vidés ; un kimono lavande était soigneusement plié au bout de la baignoire. Anne-Lise se chercha une serviette, trouva tout un tiroir de dessous et de gaines chair dans la commode de la chambre. Dans la partie gauche de l'armoire, les costumes de son beau-père étaient toujours là, rangés par couleurs, des costumes coupés sur mesure à l'époque où le laboratoire avait commencé à beaucoup rapporter. À peine quelques mois après l'enterrement, Nancy avait eu l'étrange liberté de les proposer à François, celui des trois fils qui avait la corpulence de leur père, ses façons aussi, paternalistes et autoritaires, mais pas la sobre aura du mari aimant qui s'était choisi une femme bien plus libre que lui et avait tant abdiqué pour elle. Anne-Lise avait éprouvé un regret inguérissable à sa mort brutale, se disant qu'elle ne saurait jamais ce qu'il lui avait gardé de l'affection née entre eux, ce premier été au bord du lac, alors qu'il lui faisait visiter le chalet dont il avait dessiné chaque détail, porté soudain à une timide vanité par l'enthousiasme de cette belle-fille un peu artiste qui avait dû lui paraître charmante et très enfantine.

On entendait les trois petits dans le jardin ; Anne-Lise entrouvrit les rideaux et la fenêtre pour observer la fureur de leurs jeux. Elle allait avoir vingt-cinq ans à Noël, elle avait fait plusieurs fausses couches, dont la dernière avant l'été, à près de six mois, un être déjà parfaitement dessiné dont l'empreinte dans leurs bras ne s'apaisait pas. Vincent cette fois-ci avait été présent. Anne-Lise le revoyait dans la voiture, abruti de fatigue et d'angoisse impuissante à faire cesser les contractions qui la déchiraient. Il avait été bon et concerné comme jamais pendant ces quelques jours où il disait s'être senti orphelin de lui-même. Ce souvenir la consola de reconnaissance. Elle ne supporterait jamais, se dit-elle, qu'une autre puisse un jour connaître ce Vincent-là.

De la véranda juste sous le balcon montaient une odeur de fumée froide et des rires. Anne-Lise referma la fenêtre. Ses jambes nues lui apparurent dans le miroir de la coiffeuse. Elle s'approcha, releva son pull jusqu'à la taille, qu'elle avait extrêmement fine au-dessus du renflement rond des hanches, de la toison pâle et des trois grains de beauté qui parsemaient son ventre jusqu'au nombril. Vincent disait n'avoir jamais baisé corps plus doux, plus désirable. C'était peut-être vrai, et cela ne signifiait rien. Peut-être même que posséder ce corps-là lui donnait à ses yeux un droit, un ascendant sur tous les autres. Que savait-il de son désir à elle ? Un désir généreux, infiniment maternel, mais qui ne l'avait encore jamais menée à l'orgasme. C'était la première fois qu'elle se l'avouait aussi clairement. Vincent la distrayait de son plaisir. Il lui aurait fallu moins de mots, et surtout qu'elle soit plus à l'écoute d'elle-même. Or elle ne s'en donnait pas le loisir, comme pour ne pas être en reste de sa passion à lui, et tant était gratifiant son talent à faire naître et à être présente au bouleversement soudain de ses traits quand enfin tout en lui s'abandonnait.

Il y eut un coup discret à la porte, puis Nancy demanda si elle pouvait entrer. Anne-Lise lui répondit qu'elle allait descendre. Elle avait trouvé du coton pour essuyer son mascara et une boîte de poudre rosée à l'odeur de vieille dame dont elle tamponna son menton rougi à celui de Vincent. Comment réagirait-il en apprenant qu'il ne lui donnait pas de plaisir, en serait-il affecté, fâché, détruit ? Anne-Lise se reposa la question à voix haute, en se fixant dans le miroir, hésitant sur l'effet qu'une telle trahison lui ferait à elle-même.

Un nouveau petit coup frappé à la porte la fit sursauter. Tu me trouveras à la cuisine, l'informa Nancy. Anne-Lise redit qu'elle descendait, rangea la houppette dans la boîte rose et or, souffla la poudre éparpillée sur le bois de la coiffeuse et chercha en elle le courage d'affronter tout le monde.

Le piano n'était plus là, remarqua-t-elle du coin de l'œil en arrivant au rez-de-chaussée, et les tapis roulés, entassés le long du couloir comme des corps de toile grège. Anne-Lise fila directement à la salle à manger, surprise par l'écho que déclenchèrent ses talons dans la maison nue. Les objets à se partager prenaient toute l'immense table, ils étaient ordonnés par taille. Nancy ne manquait pas de cran : savoir se séparer de tout, elle qui avait déjà tant perdu, de poids, d'allure, de prestige, depuis que son mari était allé s'encastrer dans un mur à bord de sa Mini à elle et que l'hypothèse d'un suicide était restée en quelque sorte en suspens dans tous les esprits. Il y avait même des cartons pleins de photos qu'Anne-Lise fouilla rapidement, mi-curieuse mi-inquiète de tomber sur la fameuse Carol auprès d'un Vincent cheveux longs, plus jeune, plus engagé, comme elle imaginait qu'il avait dû l'être et aurait pu le rester, dans une vie avec une autre, où tout ne lui aurait pas été si lâchement autorisé.

Où étaient les assez jolies choses dont il avait parlé ? C'est ce qu'Anne-Lise demanda à Clémence accourue de son pas souple de gymnaste, lumineuse de surprise de la trouver là. Elle avait encore mûri depuis l'été dernier, elle devenait étrangement jolie avec ses yeux en fentes longues sous le renflement presque oriental des paupières. La confiance acquise au fil de ses succès en compétition ne l'emportait pas encore tout à fait sur son manque d'assurance. Anne-Lise hésita à la câliner comme elle le faisait au chalet et s'émut de la sentir s'abandonner de bonne grâce à son étreinte. Des seins lui étaient venus, et une odeur d'adolescence, qu'elle tenait secrète sous ses bras serrés le long du corps.

Des coups de balayette firent sonner le fond creux d'un placard dans le bureau mitoyen. Sentant Clémence inconfortable, Anne-Lise desserra son étreinte, espérant pourtant la garder encore auprès d'elle, au moins jusqu'à ce que Nancy vienne voir la tête qu'elle avait. Car c'est tout ce qui lui importe, que je sois jolie et fasse bonne figure au côté de mon mari, puisque je l'ai voulu. Anne-Lise avait souvent été à deux doigts de lui rappeler que c'était Vincent qui avait décidé de ce mariage, mais cette vérité finissait toujours par lui sembler à elle-même contestable. Nancy s'était étrangement vite remise de la mort de Claude. Elle prétendait le sentir toujours auprès d'elle, lui parler. Anne-Lise se demandait comment elle s'arrangeait envers lui des partialités, dont elle ne se cachait plus désormais, envers son benjamin.

Clémence se libéra en voyant sa grand-mère entrer dans la pièce. Anne-Lise empocha le premier objet qui lui sauta aux yeux : un cadre à l'émail rouge, craquelé de fines nervures. Cigarette aux lèvres, Nancy fit mine de remettre de l'ordre dans la disposition des reliques à distribuer. Vincent m'a dit que c'était arrangé, lança-t-elle en levant la tête, avec toutefois encore un doute ou une angoisse dans la voix. C'était rare de la sentir vulnérable, Anne-Lise ne réussit pourtant pas à lui concéder mieux qu'un oui, c'est arrangé, presque inaudible. Clémence s'éclipsa, comme elle-même aurait aimé pouvoir le faire. Mais Nancy en attendait plus de sa part : plus de certitude et plus de gratitude peut-être aussi. Anne-Lise la vit prélever une minuscule boîte en or ouvragé qu'elle lui glissa dans la main avant de lui effleurer familièrement le visage pour rectifier une mèche qui mordait sur sa joue. Ses doigts manucurés sentaient la fumée et son regard, d'un vert légèrement voilé, parcourait intensément ses traits. C'était la jeunesse que Nancy scrutait en elle, le teint encore parfaitement clair, la brillance des yeux. Elle me regarde comme un mec, se dit Anne-Lise, elle m'évalue.

Il n'y a pas de place pour les caprices et les pleurs dans le foyer d'un homme, lui asséna Nancy de sa voix profonde, après s'être assurée que Clémence n'écoutait pas du couloir. C'était moins un conseil qu'un ordre ou une supplication, quelque chose de désespéré en tout cas. Anne-Lise n'eut pas le cœur à répondre, elle n'aurait pas su quoi d'ailleurs. Je t'appelle un taxi, proposa Nancy en lui pressant l'épaule, en signe d'encouragement ou de promesse, avant de disparaître dans le couloir. Anne-Lise resta immobile, incapable d'énervement, le cœur abandonné.

Le portail était grand ouvert, on y apercevait le coffre ouvert de la DS et un des fauteuils en osier posé à l'envers sur le trottoir. Anne-Lise jeta un coup d'œil à son reflet dans les vitres, puis sortit en faisant signe à Nancy qu'elle allait attendre le taxi dehors.

Te voilà toi, lui lança Karine sur un ton indéfinissable en s'extrayant de la voiture entassée d'albums. Sous sa tignasse ébouriffée de sueur et de poussière, son regard fatigué était creusé de mauve. Je ne vous aurai pas beaucoup aidés, constata Anne-Lise, se rendant compte qu'elle n'avait à aucun moment songé à le faire. Karine s'appuya au capot sans répondre, ses bras croisés sur les grandes auréoles acides mouillant son t-shirt. Nancy t'a dit ? demanda Anne-Lise en fouillant dans son sac à la recherche d'une cigarette. Non, mais je l'ai entendue avec Vincent quand il est arrivé tout à l'heure. Il est monté comme un fou, j'ai presque eu peur en ne te voyant pas redescendre. Les voix des petits leur parvenaient claires et furieuses à travers l'épaisseur de laurelles. Karine entraîna Anne-Lise un peu plus loin le long des grilles. Tu divorces alors ? C'était dit avec reproche malgré la douceur lasse du sourire. Pas cette fois, répliqua Anne-Lise en tâchant de rire de son impardonnable faiblesse et de ses lâchetés, alors que lui remontait au cœur l'humiliation de trop qui l'avait décidée.

C'était un soir de vernissage d'un salon des antiquaires que Vincent présidait. Anne-Lise devait l'y rejoindre. Elle avait été surprise par la pluie, n'avait pas trouvé de taxi et failli se décourager en se retrouvant dans la bousculade et les odeurs de laine mouillée. C'est en contrebas, au niveau du vestiaire, qu'elle l'entendit rire, de ce rire légèrement strident qu'il avait en public. Il était là, un peu à l'écart, à côté de la cabine téléphonique, dans le dos d'une des hôtesses, une brune très jeune et très ronde qu'il entourait de ses bras et tenait fermement par les seins. Mains en l'air, comme on se rend, la fille défiait d'un air curieusement bravache le petit groupe qui riait de ce que Vincent était en train de lui dire à l'oreille. Anne-Lise cherchait à faire demi-tour lorsque leurs regards se croisèrent. Vincent resta plusieurs secondes à la fixer, les yeux pétillant de plaisir, comme s'il s'attendait à ce qu'elle se mette à rire de bon cœur elle aussi. Dans le groupe, il y avait une femme, une ancienne curatrice qui est venue plusieurs fois dîner à la maison, raconta encore Anne-Lise, découragée par la triste insignifiance de tout cela finalement. Elle me souriait en fronçant le front comme pour me gronder d'être fâchée. Alors j'ai fichu le camp, personne n'aurait compris que je fasse une scène.

Anne-Lise s'interrompit en voyant Jean-Philippe arriver avec un guéridon. Karine la dévisageait, un sourire tendre et sceptique à ses lèvres blanches, hachurées de fines coupures. Elle était fatiguée, elle avait un peu forci, peut-être même était-elle à nouveau enceinte, songea Anne-Lise, se souvenant soudain que Jean-Philippe était sans travail depuis plusieurs mois, et se disant qu'il ne fallait pas espérer d'indulgence, qu'elle avait bien trop accepté de Vincent, trop de pardons, de mensonges, de privilèges, de confort.

Le taxi tourna à l'angle de la rue, et presque aussitôt Nancy l'appela dans la cour. Je suis là, lui cria Anne-Lise en avançant jusqu'au portail. Le chauffeur s'était arrêté à quelques mètres et ouvrit la portière comme il lui aurait tendu les bras.

Du musée, Anne-Lise était rentrée directement pour prendre quelques affaires et laisser à Vincent un mot lui disant qu'elle ne reviendrait pas. Il partait le lendemain pour une semaine en Allemagne. L'avocat lui a envoyé ma demande de divorce là-bas, il l'a reçue hier et ça l'a rendu dingue. Il ne voit même pas où est le problème, plaisanta-t-elle tristement en soufflant la fumée dans les feuillages. Quand je suis retournée à l'appartement le jour suivant, j'ai vu qu'il avait griffonné une réponse à mon mot : Que tu étais belle avec tes cheveux trempés ! Anne-Lise regretta aussitôt cette précision, qui suscita un regard de connivence entre Karine et le chauffeur. Elle ne sait pas comme ça peut être injuste et décevant d'être jolie, se détesta-t-elle de penser.

L'habitacle empestait le Skaï chaud et le désodorisant ; Anne-Lise s'y sentit pourtant presque sauvée. Karine lui souriait, un sourire qui la froissait de fossettes. Je suis de la vieille école tu sais, je ne connais pas le monde dans lequel tu vis. Mais le cul est plus libre aujourd'hui, ajouta-t-elle tout bas, sur un ton terrible d'encouragement. Anne-Lise répondit qu'elle avait raison, par lassitude, par gentillesse. Vincent avait vraiment l'air bouleversé tout à l'heure, dit encore Karine quand Anne-Lise eut baissé sa vitre, ça ne peut pas te suffire ? Sa voix fut couverte par le bruit du moteur. Oui, oui, bien sûr, promit Anne-Lise en posant sa main sur la sienne accrochée au tranchant de la vitre.

Après avoir fait demi-tour au bout de la rue, le taxi repassa devant le portail d'où Clémence avait surgi et la cherchait des yeux. Anne-Lise lui cria qu'elle ne pouvait pas rester, désolée. Un peu plus loin derrière la petite, Nancy se tenait penchée, à l'écoute de Louis accroupi dans le gravier. Anne-Lise songea que c'était la dernière image qu'elle garderait de cette maison, peut-être aussi de cette famille.

Le taxi d'Anne-Lise disparaissait sous le reflet des grands arbres débordant du parc Beausobre. Clémence le suivit sur une centaine de mètres encore, dans un élan dévot qui se découragea vite. Cette petite a déjà des états d'âme d'adolescente, songea Karine en la voyant retomber mollement de l'épaule contre le mur, puis revenir d'un pas contraint, sa main caressant les plumets d'herbes poussés aux fissures du crépi. Deux renflements tendres bourgeonnaient à son buste à même le coton du polo. Clémence était la première petite-fille après trois générations de garçons. La surprise de cette aguichante éclosion avait créé une émotion parmi les adultes quand elle était arrivée dans la matinée, un enchantement. Elle n'avait pas beaucoup aidé, ni tenu la promesse faite à son père de se charger d'occuper les petits, pas même Louis pour qui elle avait eu des bontés inventives et maternelles tout l'été passé. Désormais ses yeux se cherchaient dans les vitres, comme insatiables et inquiets de ce corps en effervescence qu'elle portait avec une grâce merveilleuse. Nous étions bien moins mûres à cet âge, s'était dit Karine en l'apercevant dans l'escalier au moment du départ de Vincent, ravissante, muette et brûlante. Ou peut-être étions-nous simplement moins regardées.

La Volvo de François venait de déboucher à l'angle du parc, et Clémence s'élança aussitôt à sa suite, comme dans l'espoir réveillé soudain de pouvoir s'en aller. Judith se pencha par la vitre pour encourager sa fille. Ses lunettes de soleil ne laissaient voir que la légèreté inespérée d'un grand sourire. François s'arrêta un instant à hauteur du portail ouvert sur la cour, donna deux petits coups de klaxon pour s'annoncer dans la maison toutes fenêtres ouvertes, avant d'aller se garer du côté des garages comme le lui indiquait Karine.

Judith s'extirpa de la voiture en lui souriant. C'était Anne-Lise dans le taxi, Vincent n'est pas venu ? Si, mais il ne pouvait pas rester, je t'expliquerai, commenta simplement Karine, consciente que Clémence écoutait, arc-boutée contre la portière de son père qu'elle s'amusait, dans une sorte de jeu très tendu, à empêcher de sortir de la voiture. La petite voulait qu'il la ramène à la maison, ou au moins la laisse rentrer seule en bus. L'effort ou l'intrépidité de son désir lui mouillait les yeux. Karine n'en revenait pas de son insolence à tenir tête à François, et même à le séduire, aurait-on dit, pour arriver à ses fins.

Lausanne (octobre 1977)

N'insiste pas, chérie, implora Judith en lui attrapant le bout des doigts. Clémence se laissa happer par l'étreinte cajoleuse de sa mère. La frustration soulevait son dos mince, ses fins muscles de gymnaste que Judith faisait rouler sous son pouce. Cette journée est pénible pour tout le monde, tu sais, lui rappela-t-elle en la dévisageant. Changeant soudain d'humeur, Clémence renversa la tête en arrière et resta un instant silencieuse à scruter l'expression de sa mère. C'était comme un pardon auquel Judith répondit par un plissement des yeux, un *ça va* muet et reconnaissant. Elles avaient toujours eu une relation très protectrice dont l'intensité aujourd'hui s'inversait. Et aussi une sorte de gémellité : le même front dégagé et les mêmes pommettes très hautes sous les yeux à demi fermés qui étaient en train de donner chez Clémence un charme d'une totale étrangeté.

Escortée de Louis et tenant un grand saladier, Nancy s'était mise à ramasser les moins abîmés des fruits clairsemés dans le gravier. Clémence se libéra pour aller les rejoindre. Tu te retrouves en quelques semaines avec une jeune fille qui s'enferme à clé dans la salle de bains, plaisanta sa mère. Karine s'étonna du ton de la remarque, qui trahissait moins de nostalgie qu'un soulagement, peut-être de voir Clémence sortir juste à temps de l'enfance. Cela avait été la première de ses appréhensions quand le diagnostic d'une sclérose en plaques était tombé au plus paisible de l'été : que sa fille ait à subir trop tôt et de trop près le spectacle de la dégénérescence annoncée. C'est ce que leur avait raconté François, venu les trouver exprès chez eux à Delémont malgré la promesse faite à Judith de ne rien dire à personne pour l'instant. Elle-même lui avait tu toute une année les manifestations qui la tourmentaient : des fatigues de plomb, des douleurs fulgurantes comme des traits de braise dans les muscles, des brefs moments de cécité. On ne peut pas savoir à quel rythme ça évoluera, avait conclu François après être resté un instant silencieux à broyer son émotion entre ses mâchoires soudées. Judith donnait le change avec un grand naturel qui la sauvait sans doute de ses peurs, mais le laissait lui sans prise sur les choses, vacant, et les mettait eux sans cesse en porte-à-faux. Combien de temps de toute façon serait-il encore possible de faire semblant de ne pas voir que ses pas trébuchaient ?

Manches retroussées sur ses bras tannés d'alpiniste, François resta un instant à contempler la maison depuis le trottoir d'en face, réconcilié, semblait-il, avec le chagrin d'avoir à bazarder ses années de jeunesse, ou simplement heureux de l'énergie mise en commun ces derniers jours. Nancy avait confié le saladier aux petits pour venir à sa rencontre, droite et circonspecte, une cigarette levée haut entre ses doigts manucurés.

Je ne crois pas qu'elle mesure à quel point elle va devoir se restreindre, commenta François à l'attention de Karine, sans pitié particulière. Tout comme eux, il en voulait à son père d'avoir bien trop tardé à trouver des repreneurs pour le laboratoire, et à Nancy plus encore, qui avait été l'instigatrice tenace et exigeante de la carrière de cet homme qu'elle avait rencontré à dix-sept ans et dont elle aimait à se dire l'épouse, l'amante et le bras droit. C'est François qui avait découvert la série d'investissements inconséquents tentés par son père les dernières années pour relancer l'affaire et maintenir le train de vie cher à Nancy. Il avait convoqué les trois familles pour une réunion à Beausobre où Nancy convalescente s'offrait les services d'une aide à domicile. Vincent était passé la voir la veille et l'avait entêtée dans son refus d'admettre la faillite. François avait fini par faire selon sa conscience et son intuition de ce qu'aurait souhaité son père : vendre la maison pour sauver ce qui pouvait l'être de l'entreprise sans rien devoir. Il avait tout de même fallu se résoudre à des licenciements. François s'était chargé de cela aussi : convoquer un à un des employés de toujours, des hommes vieillissants, confiants, respectueux, riches d'un savoir-faire obsolète, à qui Nancy, dans sa totale ignorance de tout, s'agaçait-il, avait assuré qu'ils feraient toujours un peu partie de la famille.

Depuis Lyon, Vincent tenait la position irréaliste et insistante de sa mère. Il pensait hypothéquer la maison, avait fait le déplacement avec un ami architecte pour étudier la possibilité de la diviser par étages afin qu'on puisse louer ceux du haut et conserver à Nancy le rez-de-chaussée avec sa véranda en vitrail et l'accès au jardin. J'ai l'impression de lutter doublement contre maman, s'était agacé François, un soir au téléphone. C'était tout au début de la maladie de Judith, au moment où elle traversait une phase douloureuse, dépressive. Karine s'était étonnée qu'il trouve malgré cela la patience de ménager tout de même Nancy, comme Claude l'avait toujours ménagée, avec cette même circonspection d'homme secret que les responsabilités assoient et rassurent.

Ton armoire ne rentrera pas dans la chambre, annonça-t-il d'emblée en posant ses mains sur les épaules de sa mère. Tant pis, que veux-tu ? dit-elle, la tête rejetée sur le côté pour souffler la fumée de sa cigarette. Karine la retrouvait soudain insolente, comme avant son attaque qui l'avait finalement surtout préservée de la violence des premiers mois de deuil. Il faudrait encore chercher à qui donner cette armoire sombre et ventrue, songea-t-elle, sentant le découragement la reprendre, en même temps que la fatigue de ces trois journées passées à trier les affaires de toute une famille, des placards entiers de linge, des cartons de rubans, de boutons, de pellicules qu'on n'en finissait plus de retirer des centaines d'étagères étiquetées avec soin. Et Vincent qui n'avait fait que passer, le temps de rafistoler son couple, repartant l'œil attendri, sa veste sur l'épaule et une poignée de cravates à la main, sans avoir estimé un seul des meubles dont on pouvait encore espérer tirer quelque chose.

Lausanne (octobre 1977)

Karine dormait avec les enfants à Beausobre cette nuit encore, tandis que Jean-Philippe repartait avec la DS de son père entassée des atlas et cartes du ciel dont ils avaient partagé la passion bien au-delà de son enfance, peut-être par pure fidélité à leur complicité d'introvertis. Les petits avaient la permission de veiller jusqu'à ce que Clémence reparte avec ses parents. Karine peinait à contenir l'excitation où les avaient mis la brutalité et les chambardements des derniers temps. C'est Nancy qui eut l'idée de leur confier une torche pour aller ramasser les noisettes aux buissons poussés en pagaille le long de la grille surplombant la rue Davel. De l'épaisse nuit du jardin, trouée par la petite lumière dansante, montaient des cris et des piétinements de sauvages.

Qu'est-ce qui s'est passé avec Anne-Lise ? demanda Judith quand elles se retrouvèrent toutes les deux à la cuisine. Karine raconta la demande de divorce, l'humeur blême de Vincent quand il avait débarqué. Judith écoutait en remuant doucement les couverts dans l'eau savonneuse. Elle ferait mieux de ne pas trop jouer à ce jeu-là, les hommes n'aiment pas qu'on leur crée des problèmes. C'était quelque chose qu'aurait pu dire Nancy, avec cette même assurance injuste et pourtant autorisée. De la part de Judith, qui allait vers la paralysie, la remarque était peut-être surtout un aveu d'inquiétude d'une implacable lucidité. Elle avait rouvert le robinet et restait concentrée sur l'eau glissant sur ses mains rougies. Karine posa sur la table le torchon et l'assiette qu'elle était en train d'essuyer. Tu souffres ? La question lui avait échappé, agacée et douloureuse comme une sommation de se confier enfin. Judith ne parut pas surprise que François ait fini par les mettre au courant. Tu vois, répondit-elle simplement d'une voix fascinée, là, je serais incapable de te dire si l'eau est glacée ou brûlante. Et demain ce sera autre chose, une sensation d'avoir des aiguilles dans les muscles. Elle se retourna soudain. Clémence était à la porte et avait dû entendre sa mère ou simplement reconnaître le tremblement de sa main sous le robinet, car sa gaieté à les surprendre se retirait de son visage comme un voile. Elle ne va pas bien cette petite, constata Karine, songeant au quotidien d'appréhension que devaient leur faire vivre les va-et-vient de la maladie.

Une voiture venait de s'arrêter dans la rue, les phares braqués vers la fenêtre à travers le portail ouvert. Un couple en sortit, projetant des ombres démesurées sur le gravier. Puis il y eut un gai chahut de mercis, de claquements de portières, de pas traversant la cour voisine où s'était allumée la lumière accueillante du perron. Clémence avait collé son visage à la vitre, happée par cette vie d'avant qui venait en quelque sorte de leur être confisquée. Une fois la voiture repartie dans la nuit, elle se détourna et se laissa retomber sur le large rebord de la fenêtre. On va bientôt y aller, lui souffla Judith en défaisant son tablier. Tu te prépares ? Clémence fit oui de la tête, toujours dos à la nuit, et comme résolue à attendre d'être seule avec sa tante.

Lausanne (octobre 1977)

Tu t'inquiètes pour ta maman ? demanda Karine en rangeant la vaisselle dans les cartons. Clémence rentra les épaules, dans une sorte de tic de surprise en comprenant que l'interdiction de parler de la maladie était levée. Oui un peu, lâcha-t-elle après un temps. Je n'aime pas quand je la trouve couchée en rentrant de l'école, ou quand on voit qu'elle a mal. L'éclat de l'ampoule nue et le jaune des faïences lui faisaient un teint transparent sous lequel palpitait toute une agitation secrète. De qui vous parliez tout à l'heure ? risqua-t-elle soudain, les yeux baissés. Elle avait dû se sentir rougir, car tout en elle s'immobilisa. Karine se demanda ce qu'elle avait pu entendre qui l'ait tant émue. On parlait d'Anne-Lise. Elle s'est disputée avec Vincent. Ce n'est pas grave tu sais. Clémence restait immobile. Sa rougeur refluait, mais Karine voyait bien que le bouillonnement intérieur n'était pas calmé. Une intuition la traversa soudain. Qu'est-ce qu'il t'a dit Vincent, dans l'escalier ? demanda-t-elle alors, aussi naturellement qu'elle put, n'en revenant pas de le croire capable d'être ému par cette féminité enfantine, ou peut-être plus encore par l'évident trouble exercé. Clémence leva sur elle des yeux sereins : Il m'a dit qu'on ne devait pas déranger Anne-Lise.

Karine avait toujours été déroutée par la séduction de Vincent. Elle avait fait sa connaissance à l'occasion de ses fiançailles avec Jean-Philippe. Vincent était soi-disant revenu exprès plus tôt d'un voyage au

Japon ; il était arrivé en taxi, étrangement sans veste, sans bagage, juste une sacoche en bandoulière sur un pull ajusté à son buste nerveux. Karine ne s'était pas attendue à un homme fluet, féminin, ni surtout à sa gentillesse espiègle qui ne l'avait pas mise à l'aise mais fait se sentir accueillie.

J'étais curieux de savoir de quel genre de femme mon frère serait l'élu. C'était dit comme un secret à son oreille, alors qu'il avançait sa chaise tout à côté d'elle, conscient et amusé de la déstabiliser. Jean-Philippe a toujours pris son temps, vous savez, pour s'intégrer en classe, mûrir, trouver sa voie, s'affranchir de ses rancunes d'enfant envers la drôle de mère qu'a été Nancy. Mais il va nous surprendre. Son regard joueur la fixait avec une incompréhensible intensité, et quelque chose comme une profonde affection, remémorée avec bonheur, pour ce frère d'un an son aîné qu'il avait pourtant toujours laissé loin derrière lui. Je vous le confie, avait-il conclu en prenant sa main pour la porter à ses lèvres, visiblement enchanté de la troubler par sa drôlerie et son ambiguïté. Karine avait grandi dans une épicerie, elle était sans expérience du monde ni répartie. Elle avait su plus tard, par une indiscrétion venimeuse de Nancy, que Vincent l'avait trouvée touchante et très ménagère.

Nancy avait insisté pour que les *jeunes fiancés* restent dormir à Beausobre. Qu'elle leur ait préparé des chambres séparées avait beaucoup amusé Vincent. Elle fait ça pour papa mais elle n'en croit rien, leur avait-il lancé par la fenêtre de son taxi, vivez votre vie. Obéissant à cette injonction et forçant sa vraie nature, Jean-Philippe était venu la rejoindre au deuxième quand tout avait été éteint dans la maison. Karine n'était plus vierge, lui, à trente-deux ans, encore un peu, avait-il confessé en riant de la formule et de la situation. C'était la première fois qu'ils avaient mieux qu'un sofa pour se retrouver. Karine avait ses règles, Jean-Philippe s'était jeté sur sa bouche de façon un peu désespérée. Son visage était chaud, sa langue craintive, et tout en lui à l'affût des bruits de la maison. Finalement, c'est presque tout habillés et enlacés l'un à l'autre, avec une force, un désir, un amour qui s'étaient comme déployés dans cet inconfort, qu'ils avaient passé leur première nuit ensemble. Il leur en était resté quelque chose d'inépuisable, une certitude, qui leur permettait de traverser les tensions de ces derniers mois destructeurs où Jean-Philippe avait perdu et son père, et son travail.

Karine n'avait jamais eu l'occasion, avant cette nuit là, de dormir à Beausobre. Cette vaste chambre sous les toits, avec son cabinet de toilette en soupente et le jukebox que Vincent avait dégotté pour ses seize ans, avait servi pour les filles au pair, les amis de passage, et récemment la jeune aide-ménagère que Nancy s'était attachée pendant sa convalescence. Le jukebox était toujours là – Vincent promettait, sans jamais le faire, de l'emporter à Lyon – et aussi la tapisserie africaine en face de la porte, un motif sommaire d'échassier d'une grâce suspendue. La très jolie armoire peinte avait été embarquée dans l'après-midi, et le contenu de ses deux tiroirs renversé sur le lit. Karine en retira un béret à l'écusson d'une société d'étudiants, une écharpe chiffonnée et une pochette de 45 tours entièrement noircie au stylo. Il y avait surtout des cartes postales et des photos : des polaroïds pris sur le vif des soirées organisées les week-ends que les trois fils passaient seuls à Beausobre. Ils avaient joui d'une liberté dont Karine avait été surprise et même un peu choquée au début, peut-être en devinant que Jean-Philippe n'y avait pas trouvé son compte ni sa place. Il n'apparaissait que sur un polaroïd, mince et grand, assez beau en fait. Karine en trouva toute une série d'une fille saoule, sa jupe remontée sur ses cuisses, abandonnée dans son coma à l'hilarité des autres, plus résistants à l'alcool. Et une de Vincent torse nu, portant un pantalon blanc tendu par les os des hanches et le renflement du sexe. Il tenait par la taille deux filles dont les beaux visages fardés sortaient du cadre, alors que le sien, étroit, mangé de cheveux, la bouche entrouverte, précédait l'élan de son buste glabre, creusé comme par un coup de poing entre les pectoraux et les noyaux sombres des mamelons. Les photos étaient restées là où elles avaient été prises, impunies, mélangées au désordre. Karine se demanda d'où lui venait son scrupule à les regarder après toutes ces années, et à ouvrir l'enveloppe adressée à Vincent où elle trouva une coupure de journal anglais daté d'octobre 67, un ticket de cinéma et une photo de Carol.

Elle avait oublié combien cette femme était spectaculaire, étonnante. La photo avait été prise à l'issue d'un dîner, probablement chez son ex-mari à Zurich. Carol se tenait les bras largement étendus en travers des coussins d'un divan, les jambes repliées sous elle. Elle était habillée d'une simple robe noire qui l'enserrait jusqu'au cou comme un bas, la tête tournée vers quelqu'un à sa droite, surprise dans un grand éclat de rire et une royale indifférence à l'évidente fascination de Vincent tout à côté d'elle. Elle était américaine, divorcée, ce dont elle avait fait un attrait, tout comme de son profil busqué. Karine avait adoré cette femme, sa décontraction, sa façon d'entrer de plain-pied dans ses relations avec tout le monde. Personne n'aurait imaginé que Vincent la quitte, ni surtout qu'elle s'en venge de façon si ravageuse. À peine un mois après la rupture, elle avait adressé à Claude, à Beausobre, l'ensemble des lettres érotiques que Vincent lui avait écrites en deux ans. C'est Nancy qui le leur avait raconté, pour expliquer pourquoi Claude ne souhaitait pas venir au chalet comme prévu : il se sentait sali et offensé.

Anne-Lise était arrivée au milieu de tout ça, avec ses allures d'étourdie, ses bagues énormes, ses sautoirs, ses talons argent, un sourire adorable à sa bouche scandaleuse. Vincent avait fait le choix de la facilité, réalisait Karine, ce dont ils s'étaient tous en quelque sorte réjouis pour lui.

Il était déjà tard, Nancy n'était toujours pas couchée. La lumière de sa chambre rallumait le feu jaune des feuillages face au balcon. Karine l'imaginait s'imprégnant de cette dernière nuit chez elle, la dernière de cette vie très gâtée qui allait être réduite désormais à un petit trois-pièces en étage, et à son amour inquiet pour Vincent qui donnait un sens à toute chose.

LAUSANNE

Avril 1982

Clémence retira ses chaussures, les mit à sécher en haut des escaliers de la cave et entassa son blouson par-dessus les manteaux sur la patère. Dehors l'averse terminait d'égrainer la neige rosée des prunus. Il était à peine plus de six heures, son père encore au bureau et sa mère recouchée. Le silence dans la maison avait cette suffocante présence des jours sans force, sans âme, sans désir, où elle se disait ensevelie par les poussées de la maladie. Clémence se coupa une tranche de pain à la cuisine et en mastiqua la mie interminablement face au miroir de l'entrée, où elle se trouva l'air drôle mais inchangé, avec son visage en triangle, vieilli tant bien que mal à longs traits de khôl, sa silhouette encore gamine, toute en jambes. Elle tira sur la ceinture de son pantalon. Au creux transparent de l'aine, le suçon s'était criblé de points violets, observa-t-elle lorsque le téléphone la fit sursauter.

C'est moi, j'avais envie de t'entendre. Vincent appelait d'un café, des voix derrière lui assourdissaient la sienne, inquiète, ou plutôt empressée. Son appel l'ébranlait, la tétanisait. Judith est là, comprit-il à son silence. Excuse-moi, je suis fou. C'est toi qui me rappelles, à la galerie, uniquement à la galerie, ajouta-t-il en raccrochant. Clémence reposa le combiné. L'écho de la sonnerie battait à son crâne au rythme tonitruant de l'espoir revenu et de l'invraisemblable culpabilité.

Là-haut, sa mère était réveillée et s'apprêtait à descendre ; Clémence avait reconnu le choc d'une béquille tombant sur le parquet. C'est toi déjà ? l'entendit-elle appeler à travers la porte de la chambre. Clémence cria oui, j'arrive, jeta ses affaires de sport sur son lit et resta un instant le cœur à l'arrêt avant de pousser la porte et de se glisser dans la pénombre comme dans une eau tiède doucereuse.

En tombant, la béquille avait renversé une tasse vide que Clémence déposa sur la table de nuit. Sa mère avait dû renoncer à se lever en l'entendant monter. Sous le drap, ses jambes remuaient inlassablement pour se décoller des impatiences, des éclairs lancinants, décrivait-elle, qui la malmenaient jusqu'à l'épuisement. Le buste relevé, elle donnait pourtant à voir ce visage ouvert, cette endurance au mal qui avait fait d'elle une randonneuse indépassable et désormais une malade tellement charitable.

Tu ne devais pas rentrer plus tard ? demanda-t-elle, en se poussant pour lui faire de la place. Clémence s'assit sur le bord du lit, bâilla qu'elle était crevée. Se relevant encore un peu, sa mère lui passa la main dans les cheveux. Tu es tout de même allée à l'entraînement ? parut-elle s'étonner en les devinant fraîchement shampooinés, mais visiblement sans soupçon, juste curieuse et enamourée de cette désormais jeune fille qui se débrouillait pour grandir presque sans elle. Sa confiance était totale, reconnaissante, savait Clémence. C'était à hurler d'être laissée aussi libre, aussi seule, songea-t-elle encore en s'allongeant tout contre elle pour se rassurer sur ce qui lui restait tout de même d'affection vraie et d'enfance.

L'averse était passée, derrière la fente des volets se découpait la frise jaune cotonneuse du couchant. Clémence se blottit un peu plus dans la tiédeur désormais familière des fatigues et des suées. Toujours sur un coude malgré l'inconfort, sa mère l'enlaça de son bras. Elle doit sentir mon cœur éclater, se dit Clémence qu'un épais malaise gagnait soudain, suffocant comme la sensation totalement étrangère de la langue froide, nerveuse, bandée de Vincent cherchant le fond de sa gorge avec une furie d'étouffeur.

C'est dans une totale exaltation qu'elle était allée le rejoindre en début d'après-midi dans un hôtel à proximité de la gare où il lui avait fallu se faire indiquer le numéro de chambre par une jeune femme d'une terrible obligeance. Une odeur de tabac et de lessive flottait entre les murs tapissés de moquette. Vincent avait laissé la porte entrouverte et tiré les doubles rideaux. Il l'attendait assis sur l'accoudoir d'un fauteuil, sa cravate à la main, la chemise déboutonnée. La lumière de la lampe de chevet faisait ressortir l'ossature comme à vif de son visage grisé par l'attente. Nous sommes fous, souffla-t-il à son oreille, levé soudain et empoignant sa tête à deux mains pour baiser son visage, ses lèvres, puis lui donner son téton à mordiller. Il lui faisait un peu mal, son exaltation et ses façons la déroutaient. Elle y obéissait pourtant, amoureuse, empressée, malheureuse aussi, et tellement anxieuse de satisfaire.

Tu as un ventre dur et des hanches de garçonnet, se réjouit-il en lui retirant son pantalon, puis sa culotte qu'il porta à sa bouche, ses yeux brillants quêtant une lueur complice dans les siens. Clémence sentait monter les larmes. Tout se passait trop vite. Elle n'était encore jamais allée aussi loin, ne prenait pas la pilule et s'en voulait de ne pas savoir comment le lui dire. Dressé au-dessus d'elle, Vincent la contemplait et dut deviner quelque chose de sa déroute car c'est très tendrement qu'il lui montra comment l'aider à s'enfoncer en elle.

Tu es vierge, s'émerveilla-t-il devant son sexe rouge qu'il avait retiré précipitamment en la sentant se raidir. Tu es vierge, répéta-t-il avec le même bonheur alors qu'il ramenait le drap sur eux et l'entourait de ses bras minces. On ne fait pas l'amour à ton âge de nos jours, la taquina-t-il encore pour rompre le silence. Clémence s'était mise à grelotter. Tu ne vas pas pleurer tout de même ? Appuyé sur un coude, il lui attrapa le menton pour tourner son visage vers lui comme à l'affût d'un possible danger. Clémence voyait osciller plus rapidement le chapelet de nœuds à son cou. Elle ne trouvait rien à dire qui ne trahisse combien elle avait espéré autre chose, tenta tout de même de lui prendre la main, mais sans obtenir mieux qu'une œillade goguenarde.

Vincent s'était assis au bord du lit. Il était ailleurs, distant, occupé à remettre sa montre. Une petite bave rouge perlait à son sexe ramolli dont il rabattit la peau d'un geste machinal. Je vais être en avance chez ta grand-mère, constata-t-il à part lui en se penchant pour déposer un baiser sur son pubis comme sur le front d'un enfant. Au téléphone, il lui avait dit venir de Lyon rien que pour elle. Qu'elle lui en fasse la remarque le laissa froncé un instant. Des reproches. Déjà ! Clémence retira vivement sa main et cacha sa rougeur sous ses bras croisés. Sa réaction parut réveiller enfin en lui l'attention tendre dont elle s'était sentie heureuse et grandie à chacune de ses apparitions en famille. Il lui attrapa le poignet, déplia ses doigts pour l'embrasser au creux de la paume. Tu es belle, tout va bien. Je vais prendre une douche.

Restée dans les draps, Clémence observa la chambre, du même beige saumoné que les rideaux entrouverts sur la rue et la lumière changeante du printemps. L'eau de la douche s'était mise à tambouriner à la mince paroi derrière la tête de lit. Vincent chantonnait, puis lui cria qu'il trouverait un hôtel moins sinistre pour la prochaine fois. Ainsi il y aurait une prochaine fois. Ce fut comme un sirop à son cœur chamboulé et à son corps qui se dénoua, se liquéfia.

Vincent revenait en fermant ses boutons de manchettes. Ses cheveux peignés en arrière lui faisaient un curieux profil, avec cette proéminente pomme d'Adam comme Clémence n'en avait jamais vu à aucun homme. Il faut que tu te débrouilles pour venir à Lyon, s'emballa-t-il en s'asseyant auprès d'elle. Tout le monde me connaît dans cette ville de péquenots, imagine qu'on tombe sur ton père. Clémence n'avait aucun moyen, et encore moins la liberté, de venir à Lyon, Vincent le savait parfaitement. Il se défile, songea-t-elle, sans oser le lui dire, mais le fixant avec assez de dépit pour qu'il se reprenne et paraisse s'éveiller enfin à l'invraisemblance de ce qui lui était offert. Que tu es merveilleuse d'être là, murmura-t-il. Soulevant sa tête d'une main, il se pencha pour lui mordre la bouche, la forcer avidement de la langue. Après avoir reposé sa tête dans les oreillers et sans cesser de la regarder, il attrapa sa veste accrochée au fauteuil, la pressa comme on essore un linge pour vérifier que son portefeuille et ses clés y étaient, lui effleura la joue et dit qu'il filait, qu'elle pouvait rester tant qu'elle voulait. Je ne peux pas t'accompagner chez Nancy ? quémanda-t-elle tout en se maudissant de le faire. Une lueur noire traversa le regard de Vincent. Tu veux me faire pendre, chercha-t-il à plaisanter en allant nouer sa cravate devant la glace. Puis il attrapa sa veste qu'il fit voler sur son épaule. Merci d'exister, dit-il encore, en arrêt devant le lit avec une expression bouleversée qui semblait feinte ou du moins étudiée. Déjà il était parti, la laissant mortifiée à l'idée d'avoir tout gâché.

J'ai oublié mes lunettes, entendit-elle crier, alors qu'elle cherchait à régler la température de la douche. Le rideau s'ouvrit d'un coup sec. Clémence se recroquevilla dans un cri de surprise. Ne sois pas ridicule, rit-il en lui écartant les bras pour admirer son corps. Tu es tellement jeune. Les yeux braqués sur elle avec dévotion, il glissa sa main entre ses cuisses, enfonça son doigt dans son sexe pour tirer son bassin jusqu'à lui et sucer à pleine bouche ses poils, ses lèvres, la peau à fleur de sang de l'aine.

La nuit était tombée, sa mère avait quitté la chambre, Clémence s'était assoupie un instant, elle ne l'avait même pas entendue se lever. Un rai de lumière sous la porte éclairait de petites chenilles de poussière et la mousse d'un collant chair tombé derrière le radiateur. Clémence roula sur le dos, alluma la lampe de chevet pour observer cette pièce où était confinée sa mère des heures durant et l'espèce d'érosion que subissait l'ordre impeccable qui y avait toujours régné. Ce devait être une tout autre souffrance, quoique sa mère laisse paraître, d'être acculée au laisser-aller. Clémence songea qu'elle aurait été détruite si elle avait pu savoir pour cet après-midi, mais sans éprouver de remords. Que Vincent ait appelé l'avait rendue à nouveau si intrépide et justifiée dans son désir éperdu de lui appartenir !

La lumière du couloir s'était éteinte et le téléphone se mit à sonner dans le bureau en bas. Clémence se redressa. C'est son père qui décrocha. Il parlait un peu fort, mais sans qu'elle puisse comprendre ce qu'il disait. Une odeur de beurre roussi avait commencé à envahir l'étage. Alors elle se leva, alla s'enfermer dans la salle de bains pour observer le suçon devenu presque noir et regarder s'il n'y avait pas de sang dans sa culotte. Au fond de la baignoire, le bas du pyjama de sa mère trempait dans un peu de lessive. C'était nouveau ces fuites urinaires et c'était un insidieux poison. Sa mère était armée contre la douleur, s'était faite à la perte d'autonomie, mais comment supporterait-elle ça encore ? Clémence se demandait de quel amour était pétri son père pour rester l'indéfectible compagnon de cet enfer.

Elle le trouva en train de retourner des tranches de foie dans la poêle. Sa mère était déjà assise à table, elle s'interrompit en la voyant pousser la porte. De quoi vous parliez ? D'Anne-Lise figure-toi, elle est enceinte, s'entendit-elle répondre, réussissant à ne rien laisser paraître de l'instant de vide ressenti, et trouvant même le ton juste pour dire qu'on aurait pu la lui passer. C'est ta grand-mère qui a appelé, Vincent est venu lui annoncer la nouvelle tout à l'heure. Clémence parvint encore à sourire et à déglutir le morceau de pomme de terre brûlant qu'elle avait piqué dans le plat. Étrangement, la nouvelle ne l'accablait pas tant que ça, elle attisait plutôt en elle une férocité de séduction, d'imprudence, d'indécence.

Sa mère s'était tue pour compter ses cachets du soir. Clémence remarqua qu'elle avait recommencé à prendre le seul traitement qui venait à bout des décharges dans ses muscles mais fauchait du même coup le peu de force qui la tenait encore debout. Cela promettait des semaines plus contraignantes encore où chacun garderait ses mauvais démons pour lui. Combien de nouveaux paliers leur serait-il encore possible de souffrir sans dommages, sans désamour ? Sa mère avala les cachets puis lui sourit, de ce sourire qu'elle s'efforçait d'arracher à la fatigue pour ne pas assombrir leur dîner. Ils ont attendu que l'enfant soit viable pour l'annoncer, j'espère que cette fois ce sera la bonne. Clémence reposa sa fourchette. Le foie faisait une pâte crayeuse dans sa bouche. Anne-Lise était déjà enceinte quand elle était allée chez eux à Lyon, venait-elle de calculer.

C'était début décembre, elle était en séjour avec son club de gym pour la Fête des Lumières. Se sentir soudain une liberté d'adulte dans cette ville où elle pouvait espérer croiser Vincent à tout moment avait autorisé et comme dévergondé la griserie qu'elle éprouvait à penser à lui. La salle des ventes était en plein centre-ville. Clémence trouva à s'y rendre le deuxième jour avec Annick, une amie plus âgée, plus délurée, que son excitation rendait pourtant muette de curiosité et de reproche.

Il est déjà parti Vincent, s'amusa la femme de l'accueil en les dévisageant toutes les deux avec une infinie sympathie. Leur souriant toujours, elle ouvrit posément un grand agenda et pointa une ligne de son ongle violet. Clémence y écrivit son prénom et le numéro de l'auberge de jeunesse, convaincue et même soulagée qu'il n'appellerait pas. Il rappela pourtant, le jour suivant, mais sans savoir qui elle était, comprit-elle tout de suite à son ton joueur lorsqu'elle prit le combiné. La diaphane Clémence, fille du sévère François ! s'exclama-t-il après qu'elle s'était située. On m'a parlé d'une jeune femme, mais c'est vrai que tu dois être une demoiselle maintenant. Clémence ne sut plus que lui dire, ni comment refuser son invitation à venir dîner chez eux. Pas un instant elle n'avait imaginé qu'il ait pu garder d'elle le souvenir d'une enfant.

Il avait neigé tout l'après-midi du lendemain, par rafales qu'on voyait dévaler des toits et éclater contre les voitures. Clémence s'était jointe au groupe en train de se réchauffer au whisky dans une salle commune de l'auberge. Elle se sentait la tête assourdie de coton lorsqu'elle monta dans le bus pour regagner la vieille ville, prise dans un vertige de solitude et d'euphorie revenue.

Les flocons plus rares s'évanouissaient dans la bouillie sombre qui engluait les ruelles. La plupart des illuminations de la veille continuaient à clignoter derrière les vitres. Clémence trouva facilement le porche dont avait parlé Vincent et, en fond de cour, l'escalier qui menait au premier. Un bouquet de buis enrubanné de fils dorés coiffait la porte. Anne-Lise avait dû l'entendre monter car elle ouvrit au premier coup de sonnette.

Elle portait les cheveux un peu plus longs, d'un blond presque blanc et crantés au gel sur le côté. Sous ses hautes paupières nues et ses yeux pâles, sa bouche très maquillée avait un velouté de tulipe sombre. C'était la même pourtant, amicale et câline, avec cette sorte de mélancolie enfantine dans les gestes et la voix. Vincent est retenu par des acheteurs, mais tu vas me raconter ce que tu fais à Lyon, dit-elle tout bas en la déshabillant de son manteau.

La pièce était profonde, traversée de poutres et coupée en biais par des marches de bois menant à un étage en mezzanine. À chaque fenêtre, des petites flammes flottaient dans des soucoupes d'huile ou de cire fondue. Anne-Lise la fit asseoir dans un grand canapé en cuir près du feu et partit chercher deux verres à pied qu'elle agita en demandant : On trinque ? Elle était enroulée dans un châle angora d'où émergeaient ses épaules et son cou dessinés de dentelle blanche. Après avoir levé puis reposé son verre sans presque y toucher, elle planta ses coudes sur ses genoux, coucha son visage sur son poing et lui sourit. Elle se gardait bien de dire qu'elle la trouvait grandie, avec ce même tact qu'elle avait toujours eu pour leurs complexités d'enfants. Ses yeux complices se plantèrent soudain dans les siens. Et ta mère ? Ce n'est pas trop dur pour toi ?

Jamais encore Clémence ne s'était sentie autorisée à parler de la maladie de sa mère comme d'un calvaire pour elle aussi. Une digue cédait, de culpabilité et d'accablement informulés jusque-là et à vrai dire tout juste conscients. La chaleur du feu et du vin la rendait loquace. Anne-Lise l'écoutait en attisant les flammes avec un journal. Elle-même avait souffert gamine, dit-elle, dans l'étouffoir qu'était devenu son quotidien avec une mère en galère, que la vie et les gens avait déçue. Je ne lui ai jamais montré les photos des Noëls à Beausobre, elle m'aurait jalousée. La remarque était surprenante de sa part, elle qui s'était toujours tenue en retrait de ces grandes réunions familiales. Clémence gardait une image très précise d'elle fumant dans la véranda, chaussée de longues bottes en skaï noires et blanches, s'intéressant de façon charmante et lointaine au déballage des jouets, et comme avec scepticisme à la volubilité de Vincent à table. Nancy la jugeait égoïste. Vincent n'est pas heureux avec elle, avait-elle prétendu deviner, un dimanche où Clémence était passée la voir dans le nouvel appartement ; les hommes ont des besoins qu'il faut savoir combler. Clémence venait alors de fêter ses quinze ans, c'était l'époque de ses premières règles, de ses premiers mauvais résultats en compétition, le début de son obsession pour Vincent. La remarque avait semé un espoir en elle et une impatience, qui n'avait fait que s'enhardir depuis.

Elles étaient toutes deux comme anesthésiées par le spectacle des flammes quand Vincent pénétra dans la pièce. Il jeta son manteau sur un fauteuil et approcha en défaisant le col de sa chemise. Anne-Lise allongea le cou pour lui offrir sa bouche. On t'attendait pour passer à table, le prévint-elle alors qu'il disparaissait à la salle de bains. Clémence serra son visage entre ses paumes pour cacher la claque d'émotion reçue. Vincent était pourtant plus petit, plus banal et menu que dans son souvenir, et surtout préoccupé par tout autre chose que sa visite.

Je parie qu'on ne vous a même pas appris la véritable origine de la Fête des Lumières, la taquina-t-il en venant se mettre à table. Anne-Lise leva sur lui son beau regard arqué. Laisse-la plutôt nous raconter ce qu'elle a vu. Vincent lui donna raison et se mit distraitement à l'écoute de Clémence, un doigt tapotant ses lèvres closes.

Anne-Lise s'était levée pour débarrasser lorsque le téléphone sonna. Elle fit signe qu'elle allait prendre en haut. Vincent la regarda monter les marches, enroulée très serré dans son gilet noir, puis il se tourna vers Clémence, croisa ses mains devant son assiette, appuya son menton sur ses pouces levés et la fixa au ras de la table comme s'il cherchait à la viser en plein cœur. J'ai une image très précise de toi sur le ponton du chalet. Tu as tenu tes promesses, ajouta-t-il avec un air de mystère. Clémence ne sut que répondre, elle avait l'impression de s'écouler en eau brûlante, et Vincent se recula, semblant prendre plaisir à son trouble, son aisselle accrochée négligemment au haut dossier de sa chaise.

Il était à peine dix heures lorsqu'elle repartit. Vincent la raccompagnait en voiture. Anne-Lise les regarda boutonner leur manteau dans l'entrée, les bras frileusement croisés sur son ventre. Soudain elle attrapa sur la patère une toque de fourrure blanche et grise dont elle coiffa Clémence. Je me disais bien que tu étais un peu russe, lui souffla-t-elle tout bas en la poussant vers le miroir. L'épaisse fourrure tombait bas sur son front, faisant ressortir la singularité de ses lourdes paupières et de sa bouche très ronde, comme éclose à la chaleur du feu. Clémence se découvrait tout autre, vieillie, intrigante, et c'est ce que semblait également observer Anne-Lise par-dessus son épaule, d'un regard à la fois tendre et si triste. Garde-la, insista-t-elle pourtant lorsque Clémence voulut retirer la toque.

La voiture était garée sur une petite place en bas de la rue. Vincent marchait devant, allègrement, se retournant de temps en temps pour la regarder avec malice. C'est avec malice aussi qu'il attacha sa ceinture de sécurité, ajoutant : Je te ligote. Clémence espérait qu'il lui prenne la main, elle en avait un désir indécent, presque douloureux. Elle avait posé la toque sur ses genoux et se tenait la tête lourde contre l'appuie-tête, le sexe poisseux. Vincent roulait en silence avec une grâce heureuse de patineur. On y est presque, dit-il en bifurquant sur le pont. Clémence reconnut la rue menant à l'auberge, et sans l'avoir prémédité, elle se pencha vers lui pour l'enlacer et glissa ses doigts entre ses cuisses. Les yeux braqués sur la route, Vincent emprisonna fermement la main qu'elle avait fait remonter au chaud de son aine. L'expression éperdue de son visage alors qu'il cherchait un endroit où se garer la persuada d'un bonheur extravagant.

Que tu es folle et magnifique, lui répéta-t-il d'une voix sans timbre après avoir coupé le moteur et en tenant son visage tout près du souffle embué de son haleine. Ses pouces triturèrent ses lèvres un instant comme pour les préparer au baiser avide où leurs dents s'entrechoquèrent. À la lumière d'une enseigne juste au-dessus d'eux, Clémence voyait briller ses yeux à l'affût d'un endroit moins exposé où l'emmener. Tu as une chambre seule ? demanda-t-il tout à coup. La question la laissa stupide, et Vincent s'en excusa, retombant contre son siège, la bouche entrouverte, comme s'il se remettait d'un effort. Mais quel âge as-tu ? C'était dit avec la même stupeur émerveillée que ce dernier jour à Beausobre, dans les escaliers, où il l'avait mise dans un tel désordre.

Sans attendre le dessert, sa mère s'était levée soudain de table, s'excusant de ne plus pouvoir tenir assise. Clémence regarda son père se lever à son tour et lui emboîter le pas alors qu'elle refusait son aide. Ces petites chamailleries désormais rituelles étaient la seule empreinte du mal sur leur couple, c'était pourtant ce qui semblait devoir l'user le plus sûrement. Clémence se dépêcha de débarrasser, soudain paniquée d'avoir à croiser le regard de son père. Il ne tarda pas à revenir, termina de ranger et essuya la table, sans un mot, comme à chaque fois qu'il aurait fallu constater que les choses empiraient. Sa présence juste dans son dos faisait un impossible amalgame avec les images du corps gracile et bandé de Vincent. Quelle compréhension pourrait-elle espérer d'un père aussi sain, aussi fiable, qui se destinait à partager jusqu'au bout l'enfermement où sombrait sa femme ?

Judith les entendait faire la vaisselle et ranger la cuisine sans un mot. Elle avait dit pouvoir se débrouiller seule, mais les médicaments commençaient à diluer ses forces. Lentement, les sensations se retiraient de ses jambes comme un bas ; elle avait l'impression, plus précise à chaque marche, d'être portée par du vide.

La lumière était restée allumée dans la chambre de Clémence. Judith attrapa le sac de sport jeté en travers du lit et en sortit le justaucorps pour le mettre à laver. Il était propre et plié : Clémence n'était pas allée à l'entraînement. Qu'elle lui ait menti tout à l'heure sapa le peu de courage qui lui restait au bout d'une journée passée en grande partie couchée, tenue éveillée par les crampes et la fatigue même, une fatigue fébrile inépuisable.

La chambre avait été refaite pour les dix-sept ans de Clémence, tapissée de figures rondes dans les tons orange et chocolat. Une odeur synthétique s'y entêtait encore sous le parfum soudain des glycines. Sur le bureau se trouvaient un miroir, toutes sortes de khôls, un vernis à ongles vert, des élastiques emmêlés de cheveux, une pile de cahiers et de feuilles sous un Dürrenmatt annoté au crayon, et aussi des ébauches de portraits en fines hachures à l'encre dépassant de sous une paire de gants tricotés. La porte du placard était entrouverte sur des tas d'habits cascadant d'une étagère à l'autre. Judith ne chercha pas à en voir davantage, ne se sentant de toute façon pas prête à faire face à une cachotterie plus grave que d'avoir séché l'entraînement. Elle éteignit le plafonnier et aussitôt la vue réapparut au-delà du balcon : un grand pan de lac, comme un trou butant contre la nuit et les pointillés qu'y dessinaient les lumières de la rive française.

Le lit en désordre faisait une flaque pâle dans la pénombre de sa propre chambre. Judith s'y abandonna doucement, et ce fut soudain comme si le monde l'écrasait de tout son poids. Elle posa ses mains sur son visage pour rassurer l'angoisse. François venait de frapper doucement et de se glisser dans la pièce en refermant derrière lui. Tu reprends le Baclofène ? demanda-t-il après s'être assis auprès d'elle. Judith inspira longuement dans un tremblement de détresse. Tu pleures ? Il avait allumé la lampe de chevet. Sous le front plissé, ses yeux la suppliaient. Les émotions le tétanisent comme son père, songea-t-elle en laissant ses larmes goutter sur l'oreiller. Ce n'est jamais qu'une mauvaise passe parmi d'autres, tenta-t-elle de plaisanter. Mais il avait éteint et restait là, incapable de rien dire, sa bouche pressée contre ses poings serrés. Judith s'en voulait de craquer devant lui. Il faudra pourtant bien qu'on s'habitue à se voir dégringoler, dit-elle. Ils le savaient depuis le début et y étaient prêts, mais la fatigue finissait toujours par avoir raison du courage.

Les traits de François se redessinaient peu à peu dans l'obscurité, des traits marqués d'alpiniste sous les cheveux et les sourcils drus d'un noir très fourni. Judith se rendit compte qu'elle ne le regardait plus, ou plus comme un homme. Il lui avait pris la main qu'il tenait enfermée dans les siennes, et cet innocent contact réveilla comme intact un désir qu'elle croyait anesthésié, un besoin bouleversant d'être prise dans l'état de relâchement de tout son corps où l'avaient mise les cachets.

Avec la progression de la maladie, la pénétration était devenue douloureuse. L'abstinence s'était imposée peu à peu sans qu'ils en parlent jamais. Cela aurait été le moment, puisque l'envie était toujours là, impérieuse. Un instant Judith le crut sur le point de rabattre les draps avec cette intensité qui l'avait surprise au début et si parfaitement comblée. Mais la frustration des dernières fois où il lui avait fallu s'interrompre empêchait toute initiative. François n'était pas homme à aller voir ailleurs ; dans ces moments nouveaux de profond découragement, Judith espérait qu'il finirait par la quitter, entrevoyant l'apaisement qu'il y aurait à ne plus avoir à lutter ni surtout à se tenir. Il aurait mieux valu que ce soit lui qui tombe malade, s'était-elle dit souvent, elle était si certaine du peu que cela lui aurait coûté d'abdiquer un à un les plaisirs du moment qu'elle n'aurait eu à se sentir coupable de rien.

Un bruit d'eau se fit entendre à la salle de bains, puis le bref bonne nuit que leur lança Clémence avant de s'enfermer dans sa chambre. Judith avait laissé le justaucorps plié sur le lit à côté du sac de sport. Elle regretta cette mise en scène accusatrice et injuste. Clémence avait déjà tellement donné d'elle, surtout elle avait été déjà tellement négligée.

Judith dégagea doucement sa main pour s'essuyer les yeux et tasser les oreillers sous sa nuque. En t'entendant avec ta mère tout à l'heure, j'ai réalisé qu'Anne-Lise était un peu sortie de nos vies. François rétorqua d'un haussement de sourcils qu'elle n'y avait jamais été très présente. Ils s'étaient en fait toujours sentis en décalage avec cette belle-sœur presque adolescente, en décalage de génération, de mode de vie, de style, se croyant jugés, à tort savaient-ils d'ailleurs, eux qui s'étaient montrés peu généreux, en tout cas dans les débuts. Au moins on est sûr qu'ils sont en couple, constata François dans un bref rire inattendu. Judith sourit en comprenant ce qu'il voulait dire. Jamais on ne les voyait arriver ensemble ni se manifester la moindre affection en public. Anne-Lise laissait Vincent accaparer l'attention, restant auprès des petits ou simplement rêveuse dans ses tenues extravagantes, comme dans l'attente du soulagement du départ. Elle l'avait épousé en toute inconscience de l'existence de Carol, ils le savaient parfaitement. Pourtant Judith lui gardait rancune, peut-être précisément en raison de son innocence, et aussi d'avoir été finalement la plus épargnée dans cette histoire.

Clémence était chez ses grands-parents à Beausobre le jour où était arrivé le paquet de lettres de Vincent que Carol leur jetait en quelque sorte à la figure. La petite avait dans les huit ans ; voir son grand-père pleurer l'avait mise dans une panique inconsolable. Nancy avait fini par les appeler chez leurs amis à Verbier pour qu'ils la rassurent. Carol nous déclare la guerre, avait-elle glissé sèchement avant de leur passer Clémence bégayante de sanglots. C'est plus tard que François avait pu constater lui-même l'audace scandaleuse de ces lettres intimes. Son père lui en avait montré quelques lignes pour bien donner la mesure de la violence subie. Le peu de respect de soi-même qu'il fallait pour envoyer de telles horreurs à des parents le mettait dans une rage obtuse. Judith s'était demandé ce que tout cela ébranlait chez lui pour qu'il ait à tant forcer son intransigeance. C'est ce jour-là et pour la première fois que lui était apparue la possibilité l'un chez l'autre d'un monde secret.

Juste après la rupture, Carol était retournée vivre à Zurich où elle avait habité deux ans avec son premier mari. Judith ne l'avait revue que quelques semaines après le mariage de Vincent ; on venait tout juste d'apprendre qu'Anne-Lise avait fait une fausse couche. La nouvelle surprit Carol, une cigarette éteinte entre les lèvres. Tiens donc ! éclata-t-elle de rire, un rire d'homme, grave et gai, qui faisait se retourner sur elle.

Elles s'étaient donné rendez-vous dans un restaurant d'hôtel à Lutry. C'était en mars, se souvenait-elle, des crocus perçaient la terre sous la haie à nu qui bordait la terrasse. J'avais oublié que c'est de là qu'il vient, ce salopard, s'était amusée Carol en désignant le gazon soigné de la promenade et le lac d'un bleu sombre fouetté d'écume. Elle portait un pull à épaulettes et un pantalon d'équitation. Judith ne la retrouvait pas tout à fait et doutait que leur complicité survive sans le lien familial. Elle avait espéré réparer un peu les cassures causées par la rupture, mais Carol se fichait pas mal de Vincent et que l'envoi de ses lettres ait pu faire du tort ou blesser. Ce n'est pas moi qui les ai écrites, rappela-t-elle avec une certaine jubilation. Judith se sentait malmenée et en infraction d'être ici avec elle. Reculée dans les coussins, Carol la dévisageait bizarrement. Alors ? Il paraît que c'est une vraie beauté.

En fait, Anne-Lise était ravissante, exquise, avait insisté Nancy le lendemain du jour où Vincent la leur avait présentée, à l'évidence pas mécontente de lui trouver moins de caractère qu'à Carol. Peut-être avait-elle anticipé que, au regard de l'espèce d'étourderie d'Anne-Lise, de sa nonchalance, de son naturel dépensier, Vincent aurait beau jeu de prendre ses aises autant qu'elle aurait été malvenue de s'en plaindre. Sa menace de divorce, au moment du déménagement de Beausobre, avait plus agacé qu'attendri. Qu'elle soit sur le point d'avoir un enfant changeait les équilibres. Judith comprit que c'était cette nouvelle, tombée au moment où la maladie l'empêchait de plus en plus de faire sa part du contrat familial, qui la fragilisait depuis tout à l'heure. François était en train de replier soigneusement un journal tombé de la table de chevet. Il ramassa aussi la tasse vide, puis lui pressa la main en demandant si elle avait besoin de quelque chose. Judith fit non de la tête et sourit pour l'autoriser à s'en aller. Clémence écoutait un disque dans sa chambre. François dut lui demander de baisser le volume en allant fermer les volets sur le balcon, car il fit soudain entièrement nuit et silencieux. Et dans cette nuit et ce silence, Judith sentit son infini cafard se déployer.

Que reste-t-il de soi quand le corps ne répond plus tout à fait, ni l'énergie, ni la patience aux siens, et que représente-t-on alors pour l'autre ? Ces questions revenaient la torturer à chaque nouvelle flambée du mal dont chacune, désormais, la laissait un peu plus diminuée. Pour la première fois ce printemps s'était posée la question de se débarrasser de la cabane d'alpage achetée en Valais, sur les hauteurs de Morgins, après la naissance de Clémence. Ils y avaient passé tous les week-ends d'été pendant des années, malgré l'heure de marche dans les pâturages défoncés par les sabots, chacun portant tour à tour la petite sur son dos ou la tirant par la main dès qu'elle avait su marcher.

C'était dans une cabane semblable qu'ils s'étaient connus, vingt ans plus tôt. Judith était en excursion avec des collègues du cabinet médical où elle travaillait à l'époque, lui partait pour une randonnée dans les Alpes. La cabane était adossée à une ancienne étable transformée en dortoir où François était venu se coucher longtemps après elles. La nuit était profonde et fraîche, on entendait le souffle chaud des vaches et le froissement du dur feuillage des gentianes écrasées sous leurs flancs. François était le seul étranger à leur groupe. Il était arrivé au cours du dîner pris dans l'étable et était resté longtemps dehors à réviser son matériel pour le lendemain, mais quelque chose d'indicible s'était passé entre eux dont Judith avait été complètement retournée. Bien que plusieurs paillasses les séparaient, elle ressentait avec une acuité, une souffrance inédite, la présence de cet homme roulé dans l'odeur moisie des couvertures. Ni l'un ni l'autre n'avait vraiment dormi. Il faisait à peine jour quand elle s'était levée. Le ciel laiteux mouillait les prés d'une fine buée. Elle était en train de se brosser les dents à l'eau glacée d'une bassine lorsqu'il avait surgi, son sac déjà sur le dos, et l'avait serrée longuement et de toutes ses forces dans ses bras. Des voix leur parvenaient dans le silence immense du paysage. Alors il s'était écarté et lui avait fourré dans les mains un bout de carton avec ses coordonnées. Puis il s'était mis en route d'un pas de métronome, son gobelet cliquetant à son rythme contre le sac à dos.

Ils s'étaient revus dès le mois de septembre, fiancés peu après et mariés l'année suivante. Judith venait d'une petite ville, d'une famille d'instituteurs. C'était une autre époque, on avait peu de distractions, peu de place à soi, peu d'écoute, peu de besoins. La découverte de la jouissance physique avait été une impensable transgression, une transcendance. Jamais elle n'avait imaginé que le corps puisse être source de commotions aussi profondes. François l'aimait les yeux fermés, à tâtons, dans l'affolement du désir. Il venait de reprendre l'étude de notaire de son oncle et rentrait souvent tard. Il était rare pourtant qu'ils ne fassent pas l'amour chaque nuit, avec une sorte d'opiniâtreté qui les emportait lentement mais très loin dans le plaisir.

Il était déjà plus de huit heures, Judith émergeait d'un sommeil de naufragé, sans douleur ni rêve. Debout à contre-jour du beau temps, Clémence semblait avoir attendu qu'elle se réveille. Ça va aller avec les béquilles ? Judith mit quelques secondes à se remémorer son état de la veille. Clémence était prête pour l'école, efficace et fuyante, les cheveux rassemblés en un chignon comme on ne lui en avait plus vu depuis longtemps. Judith y vit une intention, Clémence devait vouloir provoquer une remarque au sujet du justaucorps et avoir préparé sa réponse. Elle se redressa contre la tête de lit, gênée par le goût de métal à sa bouche d'endormie. Ses bras passés dans les béquilles, Clémence s'amusait à faire monter ses jambes à l'équerre, avec cette légèreté sans effort qui disait des années d'implacable masochisme. Elle avait le buste long, des hanches étroites, un corps tendu, en rien alourdi par une puberté d'ailleurs encore comme hésitante. Se pouvait-il qu'elle soit déjà faite, qu'elle ait déjà des secrets, qu'elle soit désirée ?

Judith hésitait à provoquer une discussion. Tu vas à l'entraînement aujourd'hui ? se décida-t-elle tout de même à lui demander, cherchant à capter ses yeux qui la fixèrent en retour avec aplomb, limpides et étonnés. Clémence s'était certainement préparée à une question plus franche. Ce soir oui, répondit-elle d'une voix où se disputaient l'hésitation et la colère. Hier en fait, je ne t'ai pas dit mais on avait piscine, ajouta-t-elle après un temps en reposant ses pieds au sol, je n'avais pas mon maillot alors Annick m'en a passé un. Judith dévisagea l'inconnue qui se faisait jour sous le délicat visage dégagé. Elle me ment et elle m'en veut, constata-t-elle, et ce fut comme une déflagration. Clémence avait reposé les béquilles le long du lit et se pencha pour l'effleurer d'un bref baiser désincarné. J'y vais. Papa sera là ce midi, moi j'ai journée continue.

Judith l'entendit dévaler les marches, remonter chercher quelque chose dans sa chambre et bientôt faire claquer le portail du jardin. Un merle s'envola bruyamment du fond enchevêtré des lierres, puis ce fut le silence, traversé de temps en temps par le passage d'une voiture avenue Marc-Dufour, en contrebas des jardins. Judith se redressa dans les oreillers. Aux incessantes contractures à ses jambes faisaient place une lourdeur de bois et des fourmillements lointains dans les pieds, des pieds absents qui ne la porteraient pas. Clémence (ou François) avait pensé à brancher le téléphone du bureau à côté du lit et à lui laisser une bouteille d'eau minérale ainsi qu'un bassin à portée de main. Judith resta sans bouger, tâchant d'analyser la nature exacte du mal que lui faisaient ces attentions et surtout de l'instinct de méfiance soudain qui lui gardait les yeux secs et le corps rassemblé.

Le gymnase ouvrait à huit heures mais ce n'est qu'en fin de matinée que Judith réussit à joindre quelqu'un, une voix très jeune, de garçon ou de fille, elle n'aurait su dire, qui reposa bruyamment le téléphone et courut appeler Kristen dans la salle immense. C'était le jour des scolaires. Judith entendait résonner les tremblements de métal dans les gradins, ceux des barres sollicitées par l'élan des corps, et l'écho claquant des *redresse-toi*, des *place mieux ta main*, qui avaient mis si souvent Clémence en rage ou en pleurs. Puis elle entendit la porte du bureau se refermer doucement. Kristen fut lente à prendre le combiné, peut-être redoutait-elle qu'il soit arrivé quelque chose.

Je crois que Clémence a oublié ses clés hier, improvisa Judith. Il y eut un blanc, puis, avec une évidente réticence, Kristen répondit, non je ne crois pas. Il y eut un nouveau blanc. Judith n'avait pas anticipé l'embarras dans lequel elle mettrait la jeune femme, pas songé surtout que Clémence devait donner l'excuse d'avoir à s'occuper de sa mère. Votre fille a un peu perdu la motivation, reprit Kristen d'une voix plus assurée, compatissante presque, où perçait quelque chose de sa propre déception. Elle est à l'âge charnière, il ne faut rien forcer. Judith n'eut pas le cœur de se faire confirmer que Clémence manquait l'entraînement depuis longtemps déjà, se sentant tellement fautive et surtout bien au-delà de toute idée de reproche ou de colère.

Dans le couple, c'était Kristen qui s'occupait des petites, des gamines volontaires de parfois seulement cinq, six ans, des corps menus qu'elle tenait bandés pendant de longs décomptes impassibles, faisant ployer les dos et pesant sur les trop timides grands écarts avec une inflexibilité virile, camarade, qui lui valait de véritables dévotions. Elle avait demandé à les rencontrer, un soir après l'entraînement, Clémence avait dix ans. Ils les avaient trouvées qui les attendaient, toutes deux en collants mauves, une veste de survêtement nouée à la taille. On aimerait bien tenter la compétition, avait annoncé Kristen, expliquant les enjeux dans un français légèrement écorché d'allemand. Cela supposait un aménagement des horaires scolaires auquel ils n'étaient pas du tout favorables. Kristen était beaucoup plus jeune qu'eux et à l'évidence très consciente, sans vergogne, d'être tellement plus de son temps. Elle leur avait tenu tête avec une sorte de tendre ironie, bien campée sur ses jambes magnifiques, le bassin basculé vers l'avant et les mains sur les hanches, des mains étonnamment fortes, toutes tordues de veines. Clémence était totalement sous le charme de la force dégagée et de l'invraisemblable volonté insufflée. Alors ils s'étaient laissés convaincre et avaient regardé leur fille s'imposer une vie de privations et de discipline, sans autre plaisir que celui des paliers franchis.

À quatorze ans, Clémence était entrée dans l'équipe des grandes et passée entre ses mains à lui, Mathieu, un beau type entièrement glabre, toujours très bronzé comme Kristen et de la même assurance souriante. Judith ne se souvenait plus à quand exactement remontait la dernière fois où ils avaient assisté à une compétition. Ce devait être au début du lycée. Clémence n'avait pas été contente de sa prestation pourtant plutôt bien notée. Ils l'avaient vue quitter le stade tremblante de rage et retrouvée pleurant dans ses poings sous le regard espiègle de Mathieu planté bras croisés devant elle.

Peu à peu, la gymnastique avait cessé d'être toute sa vie, ou en tout cas en parlait-elle moins. Judith avait cru un temps que c'était par égard pour elle dont la motricité commençait à décliner sérieusement. Ils n'avaient pas posé de questions, faisant depuis toujours entièrement confiance à son exigence et à sa maturité. Clémence s'entraînait quinze heures par semaine. Si elle avait arrêté, cela faisait un pan entier de sa vie dont ils ignoraient absolument tout.

Depuis que Clémence était en âge de ranger elle-même ses affaires, Judith n'avait jamais plus ouvert son placard ni les tiroirs de son bureau. Elle avait l'impression de s'introduire chez une étrangère vivant sous son toit, sans même savoir ce qu'elle espérait découvrir, ni surtout ce qui justifiait cette effraction. Les tiroirs ouvraient mal, lourds à craquer de cahiers, de classeurs de notes rédigées d'une écriture étirée très adulte et étrangement désinvolte. Le dernier contenait toute une collection de serre-têtes et de foulards, des lettres que Judith s'interdit d'ouvrir, plusieurs polaroïds mis en tas dans un album à peine commencé. La plupart étaient pris avec ses copines de la gym, dont un dans un pub où Clémence posait joue contre joue avec un Mathieu rigolard, le crâne et les pommettes luisants de rougeurs.

Dans un sac de voyage rangé derrière un tas de chaussures tout en bas du placard, Judith trouva une toque en renard blanc imprégnée d'un parfum de femme, ainsi que des cartes postales écrites à Lyon l'hiver dernier mais jamais envoyées. La première était adressée à Nancy, l'autre à eux. Clémence avait dessiné partout des petites flammes et leur écrivait qu'il n'arrêtait pas de neiger mais qu'elle s'amusait bien. Il y avait aussi un dépliant d'auberge de jeunesse sur lequel était notée une adresse, celle où venaient d'emménager Anne-Lise et Vincent. Si Clémence était allée les trouver, ils n'en avaient rien su non plus. Tout au moins elle n'en avait rien su, se dit-elle alors que François la rejoignait dans la chambre avec deux assiettes et une bouteille de vin. Il avait fait rissoler les restes de pommes de terre de la veille et acheté du jambon. Judith n'arrivait pas à le dissuader de s'ajouter le souci de cuisiner les jours où elle était trop faible pour le faire. Elle aurait aimé parfois qu'il n'ait pas de scrupules à déjeuner avec ses associés. Ses bureaux n'étaient pas très loin mais il disposait d'une heure à peine et se montrait tendu, préoccupé, mangeant du bout des lèvres et s'efforçant de sourire, de lui caresser la cuisse affectueusement, quand ses silences se faisaient trop longs.

Les volets entrouverts sur le côté de la maison laissaient avancer une barre de soleil jusqu'au milieu du lit, un bon soleil de printemps dont Judith ne sentait pourtant pas la chaleur sur ses jambes à travers l'édredon. Cette manifestation nouvelle l'étrangla d'angoisse.

Nous ne parlons jamais de notre fille, tenta-t-elle de plaisanter alors que François la débarrassait de son assiette. Il leva sur elle un regard surpris par la remarque, puis par les larmes imprévisibles qui avaient jailli de ses yeux. Qu'est-ce que tu entends par là ? demanda-t-il, sur un ton de reproche, peut-être qu'elle ne se montre pas plus courageuse ou tout simplement pas comme d'habitude. Elle m'a dit hier qu'elle était allée à l'entraînement, or c'est faux. J'ai appelé Kristen, Clémence manque depuis quelque temps déjà, ajouta-t-elle pour justifier son indiscrétion à ses propres yeux. François termina son verre de vin d'un trait avant de répondre. Il cachait à peine qu'il était choqué qu'elle ait enquêté. Clémence a bientôt dix-neuf ans, elle a peut-être un copain. Ses yeux la fuyaient et Judith eut l'impression déraisonnable qu'ils étaient de mèche tous les deux pour lui mentir. Elle devient très jolie, ajouta-t-il après avoir hésité. Judith réalisa combien cela devait être troublant pour un père d'être amené soudain – car tout cela était si soudain en effet – à poser un regard d'homme sur sa fille. Qu'il semble calmement acquis à l'idée qu'elle ait un copain, avec lequel peut-être même elle couchait, l'accabla d'une angoisse nouvelle que tout était en train de lui échapper.

La sonnerie de midi dispersait les élèves vers les vestiaires. Kristen avait raccroché et resta un instant la main sur le combiné, le temps que l'écho strident s'estompe et aussi le ramdam des portes des casiers. Dans la grande salle vide, Mathieu était en train de ranger les tapis de sol, les traînant par les coins comme des endormis. Kristen observait à travers la paroi vitrée du bureau son corps lisse et délié, pleinement engagé dans la force à produire. S'était-il passé quelque chose entre lui et Clémence pour qu'elle se mette à déserter et à mentir ?

La mère était malade depuis plusieurs années déjà, une grande femme mince, au visage anguleux et à la carnation assez fade, une nature conventionnelle et franche dont Clémence était une réplique infiniment gracieuse. Cela faisait quelque temps déjà qu'on ne la voyait plus assister aux tournois. Kristen se reprocha de n'avoir jamais demandé de ses nouvelles à Clémence. Elle avait été mise dans la confidence depuis le début pourtant. C'était à une rentrée d'automne, les entraînements venaient de reprendre, Clémence était restée à l'attendre à la sortie du gymnase, assise en tailleur au pied d'un talus ensoleillé de millepertuis, son visage joliment contrarié par l'éclat de tout ce jaune.

Elle avait douze ou treize ans alors. En un été, la maigrichonne et banale gamine était devenue une presque jeune fille d'une très singulière séduction. Maman a une sclérose en plaques, s'était-elle décidée à trahir, comme surprise et même fâchée d'être secouée de tremblements. Ce n'était pas la première fois que Kristen se voyait confier la détresse d'élèves sous le choc de la mort d'un proche, broyé sur une autoroute, du cancer d'une sœur réduite à un état de misère. Ces petites suffoquées, valeureuses face à la douleur, la consolidaient dans son affection et son rôle. Avec Clémence, cela avait été encore autre chose. C'était une fillette sur la réserve, d'une obéissance entêtée aux contraintes de l'entraînement, qui tout à coup rendait les armes. Kristen la tenait frissonnante contre sa gorge, osant à peine poser ses mains sur la peau jeune des épaules dégagées par le dos nu, une peau bronzée, se déchirant ici ou là en fins lambeaux. L'émoi ressenti l'avait déroutée, un émoi maternel auquel elle n'avait jamais imaginé pouvoir être sensible ni surtout au regret.

La maladie ne se résumait encore qu'à des manifestations sournoises insoupçonnables, mais Clémence paraissait très au fait de l'interminable dégénérescence à venir. Elle avait l'interdiction d'en parler, même pas à sa grand-mère, avait-elle ajouté, en rogne d'être déjà en train de faillir. Quel sens cela avait-il d'exiger le secret d'une gamine de cet âge, et pourquoi lui en dire autant dans ce cas, par quel souci d'honnêteté et étrange retournement de pudeur ? Clémence était fille unique, Kristen se désolait de la solitude et de l'enfermement qu'allait être son adolescence. Pourtant c'étaient plutôt des inquiétudes très concrètes qu'exprimait la petite, des interrogations sur qui ferait les repas quand sa mère ne pourrait plus marcher, s'ils auraient alors à habiter ailleurs, s'il lui faudrait changer d'école.

Les deux premières années du moins, Clémence avait redoublé d'application à réussir en classe et à se distinguer en gymnastique, sans doute de peur de décevoir et d'ajouter au chagrin. Puis elle était entrée dans l'équipe cantonale, sous la responsabilité de Mathieu, et avait glissé dans l'adolescence, désormais moins timide que farouche à toute familiarité. Kristen avait l'œil et le cœur exercés à ces mutations, celles des corps et plus encore des consciences de soi qui les habitent. Elle voyait les visages s'affirmer, les regards louvoyer ou s'affranchir, des pudeurs nouvelles s'installer chez les mêmes qui pouvaient se montrer incroyablement provoquantes. La plupart des filles dont s'occupait Mathieu avaient d'abord travaillé sous son affectueuse autorité à elle. Elles passaient de l'un à l'autre au moment de leurs premières règles, de leurs premiers copains, et c'est ces corps chamboulés, désormais soumis à des dix à quinze heures d'entraînement, que Mathieu empoignait par les hanches et accompagnait dans leurs élans d'une main plaquée sur le bas-ventre. Il opposait un visage de marbre parfait aux embrasements provoqués, mais l'évident trouble exercé par et sur cette jeunesse docile autant qu'intrépide restait une épreuve pour Kristen, cette jeunesse renouvelée à chaque rentrée entre eux qui, inexorablement, vieillissaient.

Clémence n'avait plus les mêmes copines, plus les mêmes horaires. C'est ce que se dit Kristen pour justifier qu'elle ne s'était pas plus préoccupée de ses absences. Elle la croisait de temps en temps, assise sur les marches devant le lycée ou en ville, parfois faisant des flippers avec des copains dans un café du quartier. Elle l'avait même vue saoule à une soirée, le regard empesé de vert sombre et la bouche molle, tuméfiée, sous le rouge à lèvres écrasé. C'était à une sorte de pique-nique au club nautique, pour les vingt ans de Catherine, une des plus anciennes de l'équipe, une fille robuste, pas vraiment jolie mais effrontée, précoce, cavaleuse, avec laquelle Mathieu avait une liaison depuis le début de l'année, avait appris Kristen ce soir-là justement.

Ils étaient mariés depuis peu, après des années d'un concubinage actif, camarade et sans histoire. La trompeuse sécurité de ce lien nouveau avait changé les équilibres entre eux. Mathieu ne se cachait pas d'avoir des aventures, se sentant peut-être protégé des velléités amoureuses de ses conquêtes, ou cherchant simplement à rappeler Kristen à la promesse de liberté qu'ils s'étaient fait.

Catherine, entrée à onze ans dans l'équipe, était un peu leur protégée. C'était une drôle de fille, aînée d'une ribambelle de frères et en butte à une éducation d'un autre âge qu'elle s'obstinait (et s'amochait) à vouloir attaquer de front. Kristen surveillait les bleus à ses bras, ses pommettes marquées par la main leste du père. Plus tard, elle lui avait pris rendez-vous au planning familial, inquiète de la voir assez casse-cou pour compromettre son avenir avec le premier qui la sortirait de chez elle. Elle l'avait même accompagnée à la consultation et avait essuyé ses reproches de s'être retrouvée cuisses ouvertes devant une femme grisonnante restée glaciale et une poignée d'étudiants aussi humiliés qu'elle. Sachant que sa mère fouillait ses affaires, Catherine avait demandé et obtenu que la plaquette de pilules reste dans le bureau du gymnase. Elle y passait chaque jour à la pause de midi, en coup de vent, sans dire un mot, le visage fermé, un visage au nez court et au front très bombé, tracé de sourcils épilés en circonflexe et auquel Kristen trouvait un entêtement animal. La sournoiserie et le courage qu'il lui avait fallu pour continuer ce manège, une fois devenue la maîtresse de Mathieu, l'avaient soufflée. Au moins était-il à l'abri d'un chantage à une grossesse, s'était dit Kristen avec cynisme, aveugle, totalement, à la violence faite à cette fille à peine majeure, chaque jour témoin des déjeuners sur le pouce de ce couple largement assez solide pour se faire du mal sans risquer de vrais dégâts.

La même année, le dernier jour avant les vacances, Kristen l'avait trouvée sur un banc de bois des vestiaires, le dos contre les faïences, un cutter laissé bien en évidence dans une petite mare d'eau rougie sur le carrelage des douches. L'alerte avait été donnée par une poignée de gamines outrées. Les plaies n'étaient pas très profondes, le sang s'y coagulait déjà, mais Kristen l'avait tout de même emmenée aux urgences, ne trouvant que cela pour lui confesser combien ils s'étaient montrés irresponsables. Ce n'était pas un acte de détresse mais de haine et de frustration accumulées pendant les dix mois d'une relation totalement inégale avec Mathieu, dont les règles n'avaient jamais dû être ni vraiment posées ni vraiment comprises – et comment auraient-elles pu l'être par cette gosse élevée dans un monde d'autorité obtuse dont elle était le fruit, quoi qu'elle fasse pour s'en extraire ?

Rien ne s'était su de son histoire avec Mathieu. Catherine n'avait pas cherché à le revoir ni lui non plus. Il ne s'était senti coupable de rien, du moins était-ce comme ça qu'il avait espéré s'en sortir. C'est elle qui m'a coincé dans les vestiaires, je t'assure, avait-il ri pour sa défense, un rire moche que Kristen avait réussi à excuser, se souvint-elle aussi en le regardant se diriger vers le bureau d'une foulée aisée.

La mère de Clémence vient d'appeler, lui apprit-elle en allongeant ses jambes sur une seconde chaise.

Elle n'était pas au courant des absences, je crois que j'ai gaffé. Mathieu se passa le visage à l'eau fraîche, s'essuya avec son t-shirt relevé haut sur son ventre et enfourcha une chaise en constatant que ça faisait un moment déjà que Clémence avait décroché. Son regard furetait sur la table, à la recherche de quelque chose où poser la barquette de cerises sortie du frigo. Tu en as parlé avec elle ? Mathieu fit signe que non en crachant son chewing-gum dans son poing. Il y a eu quelque chose entre vous ? demanda-t-elle encore, après un temps, en piochant une cerise qu'elle fit éclater lentement entre son grand sourire. Mathieu lui donna une chiquenaude sur la joue. J'adore quand tu m'aguiches, se marra-t-il. Puis ses yeux restèrent braqués dans les siens alors qu'il faisait basculer sa chaise, ses mains croisées derrière la nuque. Clémence sort avec son oncle, figure-toi, il l'appelle ici. L'information tomba en elle comme une pierre. C'est elle qui te l'a dit ? Oui, quand j'ai décroché l'autre jour. Un type sympa, ajouta-t-il en regardant ailleurs. Kristen constata surprise qu'il était mal à l'aise. C'était la première fois qu'ils frôlaient d'aussi près la nécessité de reparler de ce qui s'était passé avec Catherine. Vous vous étiez revus ? demanda-t-elle d'une voix neutre. Mathieu comprit tout de suite et n'esquiva pas. J'ai essayé, mais non, jamais ; je ne sais même pas ce qu'elle est devenue. Ses bras reposaient sur la table, paumes ouvertes. Kristen se demanda s'il fallait y voir un aveu de regret, regret de cette Catherine, ou du mal qu'il lui avait fait ? Le gymnase donnait sur une grande dalle de ciment dont l'éblouissement ricochait dans la paroi vitrée. Ce contre-jour creusait ses traits et le charme vaguement inquiétant de son crâne nu d'un lustre de cire. Kristen se recula pour s'extraire de l'attrait de ce visage. Qu'est-ce qui est mieux avec ces nanas beaucoup plus jeunes ? La question le désarçonna. Il parut hésiter à se moquer, ou à la baratiner, puis prit le temps d'y réfléchir. Ce n'est pas la même obsession, formula-t-il avec sincérité. Kristen resta détendue à lui sourire, il n'était pas question qu'elle manifeste la moindre douleur.

C'est le lendemain, un peu avant cinq heures, que se pointa Clémence. Kristen ne l'avait pas vue entrer ni prendre place dans les gradins, mince silhouette androgyne, le buste enfoui dans la laine douillette d'un gros pull noir. Sa bouche était maquillée et ses coudes plantés dans une grosse besace tassée sur ses genoux, une besace en jean cousue de pin's. Kristen se demanda un instant si elle n'était pas en train de fuguer.

Ta mère t'a dit qu'elle m'avait appelée ? attaqua-t-elle tout de suite lorsqu'elle l'eut rejointe. Clémence fit signe que oui en lui tendant distraitement sa joue. Désolée si j'ai gaffé mais je n'étais pas prévenue. Ça a été ? Clémence haussa les épaules. Ils n'ont jamais aimé de toute façon que je fasse de la compétition. C'est surtout maman qui était fâchée, que j'aie menti. Puis Clémence se tut, comme dans l'attente passive d'un éventuel reproche, les avant-bras couchés sur ses cuisses et les yeux fixant ses mains mollement enlacées où brillait l'émail bleu d'une énorme bague. C'était la même bouche encore enfantine sous le grenat sombre, le même grand front très dégagé mais couvant des obstinations bien différentes. Kristen imagina le désarroi des parents cherchant leur fille derrière ce visage si résolument fermé.

Mathieu t'a dit pour mon oncle ? La question avait été posée d'une voix fausse où Kristen retrouvait un peu de la petite inquiète d'avant. Elle était donc venue pour parler de lui, qui devait l'occuper sans répit. Kristen saisit la perche tendue avec reconnaissance. C'est ton oncle de Lyon, le collectionneur, supposa-t-elle, flattant l'évident besoin si candide dont brûlait Clémence d'exister par cette conquête. Kristen se souvenait parfaitement d'un reportage paru des années plus tôt dans un magazine que lui avait apporté Clémence, amoureuse alors déjà comme on l'est à douze ans. Sa photo prenait toute une page, elle avait été prise chez lui, dans un grand salon où il posait négligemment assis sur l'accoudoir d'un canapé, plutôt petit et sec, habillé de façon décontractée, plein de charme et surtout tellement incongru dans le monde de Clémence et de ce père notaire, très brun, très loyal, intimidant, pour lequel Kristen s'était dit qu'elle aurait pu avoir le béguin.

Clémence se laissait aller contre son épaule, paupières baissées. Kristen sentait l'affleurement de ses cheveux attachés hauts sur le côté et, croyait-elle, la fureur de son pouls sous la peau fine du décolleté. Tu l'aimes tant que ça ? la plaisanta-t-elle doucement, tâchant de ne pas laisser son scepticisme déteindre sur la fraîcheur de cet amour. Clémence soupira, *à ton avis ?* en glissant son bras sous le sien. Kristen en profita pour cueillir la main portant la bague. La peau en était lisse et pâle, la pulpe du pouce d'un rose charnu. Kristen se sentait inexplicablement dépossédée. Quel bonheur était-ce (quel affolement !) pour un homme de cet âge, d'être l'objet d'un désir absolument neuf, d'être invité à déployer des chairs parfaites, de se voir nu dans des yeux inquiets mais promettant tout ? Vous faites l'amour ? demanda-t-elle aussi légèrement qu'elle put, se détestant dans son rôle de grande sœur un peu amère. Oui, une fois, confia naïvement Clémence, avec un soupir où Kristen sentit poindre l'incertitude laissée par cette seule fois, qui n'avait forcément pas dû être comme espérée. C'était dans un hôtel, précisa-t-elle en lui retirant sa main, comme elle se serait reprise de l'affection montrée, semblant guetter le petit scandale que c'était, même pour une femme comme Kristen, d'avoir à l'imaginer rejoignant dans une chambre en plein jour le frère de son père l'attendant fou d'excitation. Est-ce qu'il est aussi amoureux que toi ? la taquina Kristen, la prenant aussitôt par le cou pour excuser cette question vacharde qui l'avait fait rougir – la joue de Clémence était soudain toute chaude contre la sienne – tant ça devait lui paraître évident autant qu'impossible qu'il puisse l'aimer en retour, et être une souffrance d'osciller sans cesse entre ces deux possibles. Vous faites attention, tout de même ? Clémence se dégagea de sous son bras et secoua sa queue de cheval qu'elle resserra haut sur sa tête. On va me poser un stérilet lundi, dit-elle. J'irai dormir après chez Annick, si jamais maman appelle.

Qui avait pu lui conseiller ça, de se faire enfoncer un bout de plastique dans l'utérus ouvert et ulcéré aux premiers jours des règles ? Kristen avait gardé à peine un mois ce corps étranger que des contractions et une hémorragie quasi continue avaient expulsé en partie hors du col, comme avait fini par admettre son toubib, exaspéré qu'elle ait eu raison d'en avoir pleuré de mal. Elle ne chercha pas à décourager Clémence qu'elle imaginait se présenter le regard clair au cynisme goguenard et vaguement réprobateur d'une équipe d'internes. Son oncle n'était pas au courant, admit-elle volontiers, elle faisait tout ça de sa propre initiative, même pas consciente de l'invraisemblable service qu'elle rendait à cet homme, dans son envie d'être à la hauteur et de satisfaire.

Les filles commençaient à arriver, moulées dans leurs justaucorps et déjà dans l'énergie à venir. Clémence salua d'un vague mouvement de tête celles qui levaient les yeux vers elle. Kristen la devinait sans aucun regret de quitter ce monde qui avait suffi à sa passion pendant huit ans. Mathieu l'avait vue, mais fit d'abord mine de l'ignorer. Puis il lança la musique et avança jusqu'au pied des gradins en tapant le rythme dans ses mains. Allez Clémence, tu nous rejoins, lui cria-t-il dans un grand sourire. Clémence tourna vers lui un regard noir, comme elle aurait considéré un gêneur. Je ne reste pas, cria-t-elle pour couvrir la musique. Dans une semaine, ce sera trop tard, lui jeta-t-il en s'élançant pour rejoindre les filles à l'échauffement. Clémence s'était levée et rajustait son pull dans son pantalon. Kristen lui caressa le dos puis lui jeta une œillade. Où étais-tu tous ces derniers temps, avec lui ? Non, il a beaucoup de travail, j'étais chez ma grand-mère.

LAUSANNE

Juin 1994

Une toile de store battait à une des terrasses du Mirabeau juste à côté. Clémence se redressa dans la baignoire pour entrouvrir la fenêtre. Le ciel blanc avala la buée et des pétales envolés des jardinières. Nancy lui avait déposé une grande serviette au bord du lavabo et tiré la porte donnant sur la chambre. Une tenue d'intérieur en velours clair y était suspendue à un cintre, une tenue comme on lui en voyait à l'époque de Beausobre. C'était si loin déjà, et comme une autre vie, songea Clémence, dont le regret ne s'était jamais fait sentir. Elle avait été dès le début l'invitée presque exclusive de ce trois-pièces lumineux, surplombant les jardins de l'hôtel Mirabeau juste à côté et tout un pan de ville dévalé jusqu'à la paix brumeuse du lac. Un privilège d'aînée des petits-enfants et surtout de bien trop jeune garde-malade, ajoutait Nancy à la façon très appuyée dont elle en faisait régulièrement le reproche à son père. Clémence avait eu conscience de trahir un peu en venant se faire choyer rue Rosemont. Elle n'y venait quasiment plus depuis qu'elle avait emménagé à Bâle et ne rentrait chez ses parents qu'une fois par mois, pour les soulager le temps d'un week-end. Sauf des jours comme celui-ci, des lendemains de soirée ou de voyage, quand il lui fallait étancher sa fatigue avant de se couler à nouveau dans le cours lent, toxique, de la maladie.

La sonnerie du téléphone la surprit alors qu'elle terminait de se sécher les cheveux. Nancy fut longue à répondre. Elle s'attend à ce que je me précipite, devina Clémence, se revoyant, fébrile et entreprenante, à cette époque insensée où Vincent l'appelait, exactement à ces heures et ici, chez sa grand-mère, pour lui glisser un nom d'hôtel, un numéro de chambre, ou plus souvent s'excuser d'être obligé de décommander, se disculpant d'un *Tu es belle, je te baise*, soufflé à son oreille avant qu'elle ne lui passe Nancy. L'excitation de ces si rares après-midi avait longtemps occulté toute idée de prudence ou d'inconvenance, elle l'avait embellie, effrontée, avant de s'empoisser inexorablement. Resurgissait tout un lourd magma d'émotions indémêlables où surnageait le souvenir finalement resté heureux du visage bouleversé de Vincent quand il venait enfin la rejoindre et restait souffle coupé, après avoir jeté ses affaires sur une chaise, à simplement lui tenir le bout des doigts. Elle n'avait jamais été tout à fait dupe de ses ravissements, c'était pourtant ce qui rachetait tout, même les fréquentes indélicatesses, les lâchetés, les bobards.

Lausanne (juin 1994)

Nancy avait fini par décrocher ; elle la fit sursauter en passant la tête par la porte. Ma grande, c'est ta tante.

Désolée, ce n'est que moi, sembla s'amuser la voix pourtant cajoleuse d'Anne-Lise en réponse à la méfiance de son allô. Clémence avait beau s'être toujours attendue à ce qu'elle finisse par l'apprendre, ce fut comme si un gouffre se creusait en elle. Nancy est à côté ? demanda sa tante après avoir fait durer un peu la gêne instaurée. Clémence dit oui, on n'est que toutes les deux, comme elle aurait quémandé un pardon ou un sursis. Et Anne-Lise dut l'entendre ainsi car elle enchaîna sans malice. Vincent me refuse le divorce, je vais avoir besoin de ton témoignage, désolée. Appelle-moi en journée à la maison pour qu'on en parle. Tu peux faire ça pour moi, j'ai été gentille jusqu'à présent, ajouta-t-elle encore, et ce constat n'était pas amer, il était tellement cruel et si peiné. Clémence promit puis raccrocha, prenant conscience soudain, probablement comme Anne-Lise à l'instant-même, de son extrême jeunesse à l'époque et de sa totale inconscience de la probable illégalité dans laquelle ils s'étaient mis.

La fenêtre était entrouverte sur le balcon et sa grand-mère nulle part. Clémence alla s'accouder face à la vue cotonneuse, le temps que le chahut en elle se redépose. Tout à côté, une employée du Mirabeau faisait enfler un drap blanc dans les courants d'air d'une jolie suite calfeutrée de moquette. Une suite comme en réservait Vincent les rares fois où il était de passage. Un nid d'heureuse impudeur, disait-il, alors qu'il n'y restait jamais plus d'une heure ou deux, et qu'alors le plaisir pris n'apaisait rien, ni la brûlure des fantasmes, ni la culpabilité, ni l'espoir toujours éconduit qu'elle avait d'être aimée, mais l'entretenait lui dans la fable flatteuse d'une entente physique instinctive, affranchie de toute pesanteur, transgressive, anti-bourgeoise, prétendait-il même pour dérider ses bouderies au moment du départ.

Clémence avait cru reconnaître, couvrant les silences de sa tante, le brouhaha du quartier de La Part-Dieu que surplombait d'est en ouest la barre de béton où Vincent avait eu l'excentricité d'emménager à la naissance de Sofia. Il l'y avait fait venir pendant quelques jours, un été qu'Anne-Lise passait à la montagne avec la petite, tenant enfin la promesse extorquée, irréfléchie, et reportée sans cesse, d'une courte semaine ensemble.

C'étaient les mêmes grands canapés de cuir noir et bibliothèques de bois sombres, mais dans l'envahissante lumière de pièces entièrement percées de baies vitrées qu'Anne-Lise réchauffait de fouillis, de foulards, d'innombrables vestes, manteaux et chaussures, et aussi de photos de Sofia à chaque instant de sa petite vie de trois ans. Clémence s'y était sentie en effraction et comme aliénée. Vincent était venu l'attendre à la gare et se montrait très charmeur, mais par pitié, devinait-elle, pour l'erreur qu'était cette visite. Contrairement à ce qui avait été promis, il se rendait chaque jour à la salle des ventes. Il faut bien que je travaille, la taquinait-il en l'embrassant tendrement sur le front. Clémence ne connaissait personne en ville et n'osait pas vraiment s'éloigner du quartier. La nuit, après que Vincent avait roulé sur le dos, elle restait les yeux grands ouverts et l'esprit en pagaille à écouter les bruits, si peu familiers pour elle, d'un immeuble. Elle n'avait même pas vingt ans et lui plus de quarante-six. Sa conversation volubile la laissait de plus en plus muette, et lui ne cachait pas toujours si bien, sous les attentions affectueuses, qu'il s'ennuyait un peu pendant les repas ou les promenades concédées.

Elle avait pour consigne de ne pas décrocher tant qu'elle n'avait pas entendu sa voix sur le répondeur. À chaque appel, elle filait dans le bureau écouter s'égrainer les sonneries, puis s'enclencher la cassette sur laquelle s'enregistraient le plus souvent une succession de bips ou des voix adultes inconnues, une seule fois celle d'Anne-Lise, bousculée par une impatience stridente de petite fille.

C'est au dernier jour, alors qu'elle attendait de savoir s'il viendrait au moins déjeuner avec elle, que ses yeux tombèrent sur un accordéon de clichés en noir et blanc, des clichés d'Anne-Lise endormie dans le lit défait, Sofia de seulement quelques jours, collée à sa nudité, le visage démaquillé, les cheveux chiffonnés, le ventre distendu et les seins étales, assombris d'auréoles énormes tissées de veines. L'amour porté à ce corps si profondément maternel révélait un versant inconnu de Vincent. Le grand dessin d'Anne-Lise, qui prenait tout le mur face à l'entrée, devait dater de cette même époque. On y voyait sourdre de la matière même du noir une lourde poitrine aux bouts infiniment tendres, comme émergés soudain de l'intimité d'un miroir pour s'offrir à des mains compatissantes. Le dialogue de ces deux regards amoureux d'eux-mêmes à travers cette naissance qui avait dû les transformer disait quelque chose d'une très solide confiance. Et c'était d'une cruauté si imparable que, d'instinct, Clémence s'en barricada, du moins jusqu'au retour de Vincent, puis tout au long de la soirée qu'il voulut passer à regarder un débat télévisé, repoussant en riant ses avances devenues expertes.

Je suis fatigué ce soir petite folle, prévint-il encore en se mettant au lit après avoir enlevé sa montre, réglé le réveil et éteint de son côté avec une distraction de vieux mari. C'est notre dernier soir, constata-t-elle alors tout bas, en laissant enfin le coup reçu lui entrer dans le corps et la secouer de sanglots d'une violence en quelque sorte inespérée. Vincent se retourna, ralluma la lumière et la contempla, interdit, devinait-elle, de découvrir l'amoureuse qu'elle dissimulait si bien derrière la délurée, empressée à son plaisir dans des draps d'hôtel. Clémence voulait repartir tout de suite, elle voulait qu'il la ramène en voiture, elle pleurait en ramassant ses vêtements avec lesquels elle fila dans la chambre d'ami. Vincent la regarda s'enfermer, nu et comme anéanti par sa fureur. Il ne dormait pas lorsqu'elle finit par le rejoindre vers une heure du matin ; il avait même laissé la lampe de chevet allumée et la couette rabattue, lui ouvrit les bras sans un mot et resta toute la nuit immobile sous le poids de sa tête tombée de fatigue contre sa poitrine.

À six heures, ils étaient levés et partis bien trop tôt pour la gare. Le soleil mordait le quai vide où Vincent ne trouvait qu'à s'inquiéter qu'elle n'ait rien oublié, qu'elle ait de quoi lire. Quand le train fut là, il l'aida à monter son sac, lui donna un baiser d'une réticence tellement lâche, puis ressortit attendre le départ, une main posée à sa hauteur contre la vitre, comme pour l'assurer du souci qu'il se faisait de sa détresse. Clémence ne se retourna pas tout de suite quand le train s'ébranla, et quand elle le fit, Vincent s'était déjà éloigné de quelques pas puis retourné, un drôle de sourire mordu à son visage que fendait la lame du nez. L'espace d'un instant elle eut le cœur (et la fugace jubilation) de se dire qu'elle n'était tout à coup même pas sûre de l'aimer.

C'était dix ans plus tôt. Vincent n'avait jamais rappelé ni répondu à sa lettre, envoyée peu après, par laquelle elle vilipendait son égoïsme et sa lâcheté, dans un mélange de colère, de mépris et de larmes qui avait dû le désemparer, lui qui, dans le fond, savait-elle, se croyait incapable de faire du mal, et n'avait dû guère se reprocher qu'une coupable faiblesse face à ses avances et à sa passion d'adolescente.

Nancy s'était servi un verre de Campari. Elle patientait dans le canapé, dos au balcon, une cigarette se consumant entre ses doigts posés distraitement sur sa tempe. Sa nuque de cheveux courts frottait au col relevé d'un chemisier noir rentré dans la taille devenue si fine de son pantalon. Seul le léger remuement de sa mâchoire trahissait l'anxiété où elle était. Clémence repoussa les fenêtres derrière elle et attendit un instant que Nancy la regarde et lui parle. Elle aurait aimé pouvoir se dire qu'elle au moins avait compris pour Vincent, depuis le début, et gardé le secret, mais Nancy était ailleurs.

Elle t'a dit pour Lenka ? demanda Nancy après avoir écrasé sa cigarette. Ton aide à Beausobre ? Qu'est-ce qui s'est passé ? Nancy fit un geste vague de la main signifiant que c'était sans importance. Anne-Lise cherchait à la joindre, ajouta-t-elle tout de même en se poussant pour lui faire de la place, elle a trouvé des photos qui lui appartiennent. Clémence s'assit à côté d'elle, puis, comme à l'époque où elle était toujours fourrée ici, elle glissa ses pieds sous les coussins et coucha sa tête sur les genoux de Nancy.

Jamais, avant cet instant, elle n'avait songé qu'il avait dû y en avoir d'autres, forcément. Et voilà que s'imposait un visage, strict et clair, un sourire à demi et une voix lente, que les hésitations en français faisaient chanter en fin de phrase. Lenka avait vécu près de trois mois à Beausobre pour assister Nancy à sa sortie de clinique. Clémence se souvenait de sa sorte de béguin de toute jeune ado pour cette réfugiée d'un autre monde, presque d'un autre temps, des bas qu'elle mettait à sécher sur un cintre, du fer brûlant avec lequel elle lissait la longue frange accrochée mollement à son oreille. Elle était belle, sévèrement mais très belle, comprenait Clémence, l'imaginant soudain lui dans l'affolement de cette beauté, retroussant avidement son corps, lui présentant son sexe de ses mains suppliantes, butant contre son palais avec des gémissements heureux et d'extatiques félicitations. Que savait Anne-Lise de tout cela, et quel soutien espérait-elle d'une femme comme Lenka ? Et pourquoi rouvrir ces plaies anciennes, et pourquoi maintenant ?

La main de Nancy chauffait son épaule ; bientôt les beaux ongles laqués effleurèrent son front en peignant ses cheveux en arrière. Le geste était distrait, Nancy devait ressasser ses griefs ou ses inquiétudes. Elle retira bientôt sa main pour attraper son paquet de cigarettes. Clémence entendit jaillir la flamme du briquet et la poitrine se soulever à la chaleur d'une longue première bouffée. Ne pleure pas, ça n'en vaut pas la peine, se fit-elle gronder tout bas, d'une voix calme, âpre et profonde. Pourquoi est-ce que je pleurerais ? Clémence avait tourné son visage vers elle en disant cela, espérant que Nancy réagisse ou trahisse quelque chose, mais elle était absente. Karine disait d'elle qu'elle n'avait jamais aimé que Vincent. Comme c'était vrai et comme elle en devenait injuste et vulnérable, songea Clémence en observant leurs deux reflets dans l'écran éteint du téléviseur. Celui si frêle de Nancy se tenait digne et légèrement penché, Nancy qui ne dirait rien, jamais, de ce qu'elle savait pour elle, pour Lenka et combien d'autres encore, aimées dans l'instant par Vincent, avec une sincérité tendrement joyeuse, sans conséquence ni mémoire.

L'horloge de la chambre sonna la demie de six heures. N'oublie pas tes bagues à la salle de bains, murmura Nancy en lui donnant une petite tape sur la hanche pour qu'elle se redresse.

Clémence la trouva qui l'attendait dans l'entrée, ses pieds violets d'œdème sanglés dans de jolies mules neuves. Elle se laissa embrasser et scruter. Ne te fais pas trop maigrir, lui conseilla Nancy, sourcils froncés, en essuyant la trace de grenat laissée par ses bises légères. Il y avait sur le buffet une photo des cinq petits-enfants en maillot de bain dans la lumière éclatante du ponton en été. Clémence devait y avoir dans les dix-neuf ans, ses pommettes étaient pleines, ses joues à peine creusées dans le V du visage. C'était à l'occasion des anniversaires de Karine et des jumelles. Tout en elle n'était qu'espoir et terreur de la venue de Vincent. Elle en était troublante, le regard d'un seul trait brillant sous la bouffissure des paupières. Jamais plus depuis, songea-t-elle, elle n'avait été aussi désirante et déchirée. Et si elle avait un regret, c'était d'avoir trop gaspillé de cette pure ardeur-là.

Je ressemble de plus en plus à maman, constata-t-elle en se dévisageant dans le miroir de la patère. Nancy ne corrigea pas qu'elle était bien plus jolie, mais c'est ce que disaient ses yeux un peu voilés, un peu perdus, inquiets. Tu n'as pas à t'obliger à rentrer si souvent, lui rappela-t-elle lorsqu'elle fut sur le palier. Clémence sourit de son infatigable partialité. J'en fais déjà moins que le minimum, tu sais, et de toute façon Dieter est en famille pour une semaine. Je ne perds rien, ajouta-t-elle dans un baiser du bout des doigts.

Une odeur d'automne la surprit au moment de pousser le portail. Son père avait nettoyé le talus devant l'entrée et passé les marches au jet. Le lierre ankylosé de bois mort était tranché sur tout un pan du mur de la rue, la tourbe de feuilles noires ratissée jusqu'aux cailloux enfouis de la rocaille. Un couple de merles farfouillait entre les troncs minces la terre humide, griffée de racines à nu.

Il était tout juste dix-neuf heures trente. Un soleil encore tiède rasait la façade aux volets fermés, déjà, tous, sauf ceux du salon. C'est là que Clémence le trouva, assis seul devant la télévision éteinte. Vous ne m'avez pas attendue ? lui lança-t-elle de la cuisine où elle était allée se couper une tranche de pain. Elle avait pourtant dit qu'elle passait voir Nancy mais serait là pour dîner, elle s'en faisait même un devoir les week-ends où elle rentrait, malgré son effroi à assister à la panique qu'était devenue depuis peu pour sa mère le simple fait de manger, de déglutir. Clémence s'en voulait d'être si peu vaillante face à ses étouffements. Elle s'efforçait de ne pas s'interrompre ni de manger ni de parler pour ne pas ajouter au malaise. Sa mère posait alors sur elle un grand et doux regard que Clémence ne déchiffrait pas. Il n'y avait plus guère que son père pour comprendre ce qu'elle traversait et ne pas en paraître effrayé.

Anne-Lise a appelé tout à l'heure, elle cherchait à te joindre. Il se tenait debout sur le seuil de la cuisine où Clémence ne l'avait pas entendu arriver. Elle le regarda, surprise. La mie collait à son palais, ses yeux la brûlaient, les siens aussi semblaient avoir pleuré. Est-ce que c'est vrai que tu couches avec Vincent ? demanda-t-il lentement, dans une sorte de tic de souffrance. Clémence resta suspendue. Jamais encore elle n'avait eu à le décevoir, jamais non plus elle n'avait eu à faire l'expérience de sa colère. Je couchais avec lui les rares fois où il venait en Suisse, ça a duré deux ans, c'est du passé, lâcha-t-elle en clignant des yeux comme par crainte d'une gifle. Son père resta muet à simplement la dévisager, semblant s'imprégner péniblement de ce qu'elle était devenue. Qu'espérais-tu, qu'il quitte femme et enfant pour t'épouser ? La question était sidérante ; mesurait-il seulement à quel point elle était dégueulasse ? Si au moins il avait été furieux, mais c'était bien plus irréparable, une froideur très réfléchie et parfaitement assumée. Que veux-tu que je te réponde ? J'avais dix-huit ans, j'avais besoin qu'on fasse enfin attention à moi, j'étais amoureuse de lui depuis mes treize ans, j'aurais fait n'importe quoi pour le voir. Il aurait sans doute fallu dire qu'elle regrettait cette histoire, mais c'était si peu le cas. La vérité, la vérité la plus scandaleuse pour un homme comme son père, c'est que ça l'avait plutôt affirmée, renforcée, et qu'elle n'avait cherché longtemps qu'à revivre quelque chose d'aussi fort, interdit, et d'une certaine manière valorisant.

Son père baissa enfin les yeux en agitant la tête avec dépit. Ton repas est là, dit-il, désignant une poêle chapeautée d'une assiette sur une des plaques électriques. Ta mère est effondrée, elle a préféré dîner avant, ajouta-t-il encore, la main sur la poignée de la porte que Clémence le crut sur le point de lui claquer au nez. De toute façon elle voit bien que ça te gêne de la regarder manger. Ça la peine, conclut-il un peu plus fort avant de tirer en effet la porte, mais sans violence.

De fines rayures incandescentes coulaient de la jointure des volets sur le carrelage luisant de traces humides. Son père avait récuré, les tabourets étaient retournés sur la table, dressant une forêt de pieds dans la pénombre jaune. Clémence souleva l'assiette sur la poêle. Ils lui avaient laissé du riz et un filet de poisson pané dont elle piocha un morceau avec les doigts, une bouchée tiède qui se mélangea au sel de larmes jaillies soudain au souvenir des années d'enfance passées dans l'air empoisonné des siestes et les silences de ce père entièrement réquisitionné par la maladie. Au début, ce n'était pas la mort de sa mère qu'elle avait redoutée, mais la perspective d'avoir à rester un jour seule avec lui. Cela ne paraissait pas possible qu'il puisse encore y avoir des vacances, des week-ends, des courses en ville, des essayages de maillots de bain, des rendez-vous chez le médecin.

Un fort chuintement de tuyauterie se fit entendre, puis le chauffe-eau à gaz s'alluma dans une détonation de flammes. Clémence reposa l'assiette, cédant soudain à la rogne qui montait.

Elle surgit sur le palier au moment où son père sortait de la salle de bains. J'ai passé mon adolescence à la maison à soutenir maman, je vous consacre un week-end par mois alors que j'habite loin, que j'ai trente ans, que je suis déjà tout le temps partie pour des tournois, et vous me sortez ça ! Son père leva les mains comme pour la tenir à distance. Désolé si ça t'est pénible d'être avec nous, ta mère a pourtant toujours fait en sorte que son état t'empêche le moins possible. Clémence souffla de colère et d'impuissance devant sa si tranquille mauvaise foi. Seul hurler aurait pu la soulager, mais elle avait bien trop de scrupules et surtout de culpabilité, de pitié, pour faire une scène. Alors elle s'enferma dans sa chambre, se laissa tomber sur le lit. La pulsation rageuse de son pouls étouffait lentement sous son poids. Clémence releva soudain la tête. Un réveil était posé sur un journal plié en deux à côté de la table de nuit. Son père dormait ici désormais, comprit-elle. Son départ leur avait donc permis de s'avouer l'un à l'autre l'inconfort qu'avait dû devenir la friction de leurs corps usés, chacun à sa manière, par l'implacable déchéance. Cette découverte lui crevait le cœur.

Lausanne (juin 1994)

Clémence les entendait parler à travers la porte. Elle donna un petit coup avant d'ouvrir. Ici aussi les volets étaient tirés, l'air était tiède et épaissi d'odeurs auxquelles se mêlait celle, piquante, du purin de feuilles mortes remué sous le lierre. Sa mère avait replié son coude sur ses yeux en l'entendant entrer et son père tourné vivement la tête. Clémence vit qu'il la tenait par la taille à travers les draps. Vous auriez pu me le dire que vous aviez besoin de la chambre, je serais venue débarrasser le reste de mes affaires, fit-elle, découragée, en laissant tomber le journal à terre. Je n'ai touché à rien, s'agaça son père, immédiatement sur la défensive. Elle allait riposter, mais sa mère roula sur le côté, son visage toujours caché dans son coude. Clémence, s'il te plaît, laisse-nous. Alors elle referma sans rien dire et retourna s'asseoir sur son lit, la tête et le corps assommés de brouhaha. Il y eut un long silence, puis elle entendit son père se lever et rouvrir la porte sur le couloir. J'espère que tu n'as pas l'intention de témoigner pour ta tante, épargne-nous au moins ce genre de publicité. Et toi, ne va pas en parler à Vincent ou vous ne me revoyez plus jamais.

Le silence était retombé comme un brouillard. Clémence ne savait pas où aller, elle ne se voyait pas reprendre le train pour Bâle à cette heure, ni s'inviter chez Annick qu'elle n'avait plus rappelée depuis longtemps.

Les tiroirs du bureau étaient entassés de cahiers d'école et d'albums témoins d'une jeune fille qu'elle ne se rappelait pas avoir été. Elle se demanda quand ils lui auraient pardonné, et par quel miracle, pour qu'elle puisse revenir faire enfin le tri dans tout ça.

Nancy mit la serviette à sécher, rinça la baignoire. La petite avait oublié des bracelets à la poignée de la fenêtre et laissé la brosse toute tissée de longs cheveux noirs. C'était nouveau ces teintures agressives qui l'émaciaient. Nancy se désolait de la voir se durcir les traits et s'amaigrir, elle qui avait conservé si longtemps quelque chose de l'éclat et des délicatesses de l'enfance.

J'aimerais savoir te peindre, s'était ému Vincent à l'occasion d'une courte visite au lac, un des derniers étés où Clémence y avait séjourné toutes les vacances et commencé à s'ennuyer, tour à tour se dérobant et cherchant les regards avec une sorte de hauteur et des évitements de courtisée envers ses cousins. La présence de Vincent déréglait les horaires du chalet et surexcitait les petits. Clémence s'était montrée surtout silencieuse, se souvenait Nancy, soudain pudique à s'entraîner, toujours en vue mais à l'écart, dans un transat ou plus loin sur la berge. Cette gosse est complètement amoureuse, s'était alarmée Karine, un soir dans la cuisine, en la voyant réapparaître en short et petit haut de danse dans la nuit du tunnel d'ifs où Vincent sur le départ avait laissé sa voiture portières grandes ouvertes. En fait, Clémence s'était surtout beaucoup fait rêver, savait Nancy qui l'avait vue rue Rosemont paresser sur son lit et hanter les miroirs des après-midi entiers, comme dans l'attente ardente et étrangement passive d'un accident à son quotidien, entravé par la maladie de Judith, où sa ténacité pour le sport s'était peu à peu émoussée.

Sa susceptibilité à tout ce qui concernait Vincent n'avait échappé à personne au chalet, et Nancy avait bien vu que la petite était à l'affût de ses appels quand elle venait la trouver. Elle s'inquiéta du dépit que Clémence aurait pu concevoir, à l'époque où Vincent avait semblé se montrer moins attendri par un béguin dont elle n'avait plus l'âge.

François montait rarement, même quand il venait la chercher pour déjeuner le dimanche, et jamais sans prévenir. Nancy faillit ne pas le reconnaître à contre-jour des carreaux de verre en fond de couloir. Clémence ne serait pas chez toi par hasard ? demanda-t-il avec une expression d'immense fatigue. Ils avaient eu un différent et elle était repartie – ils ne savaient pas quand exactement, ils ne l'avaient pas entendue quitter la maison – en emportant certaines des affaires restées dans son ancienne chambre. Nous avons été maladroits et injustes, ajouta-t-il visage tendu en prenant place dans le fauteuil de bureau qui avait été celui de son père. Il était venu à pied, dans un pantalon de velours côtelé élimé au jardin ces dernières années. Ses avant-bras posés sur ses cuisses étaient griffés de sang noir et une paille de cheveux repoussés chiffonnait sa nuque. Étrangement, ce léger débraillé le vieillissait plutôt. C'est un homme à bout, s'émut Nancy qui prenait peut-être pour la première fois la mesure exacte de ce qu'il vivait auprès de Judith.

Il lui restait un fond de vin rouge que François voulut bien partager. La fuite de Clémence semblait lui fournir l'occasion et le petit bonheur d'un moment d'oisiveté. Calé dans le capiton du dossier, ses mains arrimées aux accoudoirs en bois, il resta un instant à observer la grande pièce tendue de moquette claire où survivait un peu de l'esprit de Beausobre, beaucoup de photos aussi, de chacun d'entre eux, dispersées dans des cadres sur les étagères et le bureau. François en prit une de lui à quatre ans, en bottes et duffle-coat devant les mâts serrés d'un port gris de neige fondue. Je me souviens de la photo mais pas du moment où elle a été prise, c'était à Yvonand, c'est ça ? Nancy s'amusa que cet épisode tant reproché à l'époque n'ait pas laissé plus de traces. Elle avait tenu à passer deux semaines dans la maison de sa sœur à la naissance de Vincent, laissant Claude seul à Lausanne et les deux aînés chez leurs grands-parents déjà âgés. François avait conçu un désespoir de banni auprès de ces gens dont il partageait pourtant le sérieux, la patience pour les puzzles et, depuis ce séjour peut-être, une sorte de résistance à sa liberté à elle. Son choix d'une épouse aussi conforme que Judith (*abstinente* s'était toujours persuadé Vincent) s'était fait également en résistance. Leur couple s'était bâti, de manière indissoluble d'ailleurs, sur des plaisirs opposés aux leurs, passant une partie de l'été à la montagne, sans eau courante ni électricité, et laissant le choix à Clémence, et l'audace dès ses neuf ans, de préférer la compagnie de ses cousins au lac, les balades en petite robe, le luxe qu'étaient à ses yeux de fillette les sorties de bains au parfum d'adoucissant.

À l'époque où il était devenu évident que Judith abdiquait (et François aussi) devant ce qui avait surtout l'air d'une profonde dépression, Nancy avait proposé que Clémence vienne habiter à Rosemont. François s'y était opposé, il n'était pas question de les priver l'une de l'autre, et la petite pourtant encore très jeune avait montré la maturité attendue face aux incompréhensibles et complaisantes fatigues de sa mère. Elle avait trouvé à s'évader à sa manière, en cloisonnant ses vies, en se dédoublant même en quelque sorte.

Laisse ta fille faire sa vie et prends quelqu'un pour te seconder le week-end si ça devient trop lourd pour toi. La remarque l'agaça (ou le fait de ne pas savoir grand-chose de la vie de Clémence), et aussi sa suggestion renouvelée qu'ils prennent un appartement de plain-pied où Judith serait plus autonome. Nous sommes attachés au jardin, justifia-t-il sommairement. Un jardin comme un bout de campagne rescapé de la ville, avec de vieux fruitiers envahis d'herbes hautes où Nancy avait le souvenir de Clémence, le jour de leur emménagement, toute blonde, grave et menue, disputant aux guêpes des prunes que les vers perlaient de poix sucrée. Laissons Judith en profiter tant qu'elle peut, déjà qu'elle a dû renoncer à monter à la cabane. Ce constat le laissa silencieux un instant. En fait, ils y étaient retournés, Clémence et lui, lors d'un de ses plus longs séjours début mars, pour clouer de planches la porte et les fenêtres en prévision des possibles effractions aux beaux jours et des hivers à venir. Mais il y avait déjà eu des visiteurs. Ils avaient trouvé des mégots dans la cuisine, un sac-poubelle dévasté par les fouines, et même un étron juste à côté de la porte du dortoir. Clémence n'a pas voulu rester pour la nuit, les couvertures sentent l'humidité quand on remonte à cette saison, précisa-t-il encore sur un ton déchirant de profonde amertume. Dommage qu'elle ne soit pas très montagne.

Les longues langues de brouillard commençaient à se diluer. François vida son verre et contempla la pièce sous cette lumière embuée. Tu es bien ici, constata-t-il, comme en lointaine conclusion à leurs désaccords au sujet de la vente de Beausobre. Nancy le dévisagea. Oui mais aucun de vous n'y a jamais été chez lui. À part ta fille bien sûr. François resta le regard perdu dans la contemplation de ses mains retombées entre ses cuisses. J'ai lu quelque part que Vincent avait fait plusieurs ventes prestigieuses, lâcha-t-il sur un ton insaisissable, avant d'ajouter : Anne-Lise cherchait à joindre Clémence tout à l'heure, elle t'a dit quelque chose ? Ses yeux levés vers elle semblaient exiger un aveu. Nancy alluma une cigarette, inquiète de ce qu'Anne-Lise avait bien pu leur raconter. Je sais par Vincent qu'elle veut à nouveau divorcer, dit-elle en chassant la fumée de son visage, elle lui fait la guerre. François agita longuement la tête. Elle fait ce qu'elle veut mais elle laisse Clémence en dehors de ça. Le dépit l'avait mis debout, les poings serrés au fond de ses poches. Anne-Lise voulait aussi les coordonnées de Lenka, dit-il en approchant de la fenêtre. Nancy chercha à déchiffrer son expression. Elle me les a demandées à moi aussi, mais je n'ai plus aucun contact, je ne l'ai pas trouvée dans l'annuaire. Bras croisés, François restait campé à regarder la brume qui semblait à présent ruisseler devant la découpe des Alpes. La fatigue accusait les rides dures à son front. Nancy pensait qu'il ne rendait pas service à Judith en s'épuisant à tout assumer sans aide, et elle le lui dit. François ne répondit pas. Son menton soudain froissé s'était mis à trembloter de sanglots.

Deux fois, Nancy avait vu Claude pleurer exactement comme ça, debout, raide et presque excédé : à la mort de sa sœur et aux premiers signes d'une faillite du laboratoire dont Nancy avait été mise au courant bien trop tard, alors qu'il y aurait eu des solutions à trouver. Elle en voulut à leur tempérament opaque, jaloux de leurs peines, qui n'autorisait ni consolation ni conseil. François se séchait les yeux dans son coude, dans un geste brutal plein de dégoût. Nancy s'approcha pour lui tapoter doucement le dos, démunie face à ce fils devenu un bloc d'homme impénétrable.

En revenant de la salle de bains, François s'arrêta un instant sur le seuil de la chambre d'ami où Clémence avait encore un plein tiroir d'affaires, puis il regagna le séjour. Tout s'était assombri d'un coup alors que des poignées de grêlons éclataient contre les vitres. François contempla la brève furie du ciel, les mains sur les hanches. Tu savais que Vincent avait embarrassé Lenka par ses avances, n'est-ce pas ? Nancy encaissa la surprise et le ton de reproche. Elle savait surtout que Vincent s'était entiché d'elle au point de commettre beaucoup d'imprudences. Crois-moi qu'elle s'y est très bien habituée, se contenta-t-elle de répondre.

C'était la première fois que les infidélités de Vincent étaient évoquées entre eux. Nancy s'étonna que François ne commente pas. Il restait là à la regarder se baisser pour ramasser l'annuaire sorti après le départ de Clémence, et elle se vit soudain comme il la voyait, amoindrie et branlante. Il a cru que j'allais tomber, il me ménage comme une vieille dame.

Si Clémence appelle, dis-lui que nous sommes déçus et très inquiets. Il était sur le départ. Nancy promit, le regarda dévaler les marches. Elle le vit bientôt surgir de l'immeuble puis traverser la rue d'un long pas imperturbable de marcheur. Une lumière d'arc-en-ciel inondait le ciment du balcon que les grêlons évanouis tachaient de pastilles sombres. Nancy ramassa une tête de pétunia lacérée. En bas, un homme en chemise remontait le store de la terrasse du Mirabeau, laissant les palmiers en pot s'étirer en ombres interminables sur le gravier. Il allait être neuf heures. Nancy s'installa avec son cendrier et le téléphone sur le balcon. Elle appela le numéro des renseignements téléphoniques, mais Lenka n'était décidément nulle part en Suisse, du moins pas sous son nom de l'époque. Soudain, le souvenir de sa présence à Beausobre l'envahit d'un regret presque incongru.

Nancy était ressortie indemne de son attaque, à la mort de Claude, et en quelque sorte aussi de son deuil. L'usage de sa main s'était complètement rétabli. Seuls les mots, surtout français, continuaient à lui échapper parfois, et la conscience du vide laissé par Claude justement.

C'est François qui était passé la chercher à la clinique. Judith et lui avaient installé Lenka dans l'ancienne chambre de Vincent le matin même, une Tchèque, s'était-il comme félicité alors qu'ils traversaient la cour mitée de mousse et de mauvaises herbes. La maison était restée fermée pendant les premières chaleurs du printemps. Lenka avait pris l'initiative d'aérer et d'ouvrir les portes du double salon. Le couloir n'était que lumière à leur arrivée, on y entendait battre doucement les vitres de la véranda. Un bouquet posé sur la console saupoudrait le carrelage de safran.

Nancy s'était arrêtée sur le seuil du bureau, saisie par l'odeur de cigare restée comme vivante dans la pièce. Elle se retourna au léger frottement de mules dans l'escalier. Une main sur la rambarde, Lenka lui souriait. Elle était grande, avec quelque chose de retenu dans son approche, des yeux d'un marron doré et une ossature très dessinée sous la peau claire. Claude aurait trouvé qu'elle avait bon genre et l'aurait tout de suite aimée, et cette pensée amortit un peu le soudain choc irréparable de son absence.

François avait mis au frais de quoi trinquer à sa guérison. Lenka accepta de se joindre à eux, se tenant au bord du fauteuil, comme rassemblée à leur écoute, ses mains nouées autour de ses genoux en collants chair. Elle était belle en fait, remarquait Nancy, surprise, plutôt agréablement, d'avoir à reprendre pied sous la vigilance d'une femme si peu conforme à sa tâche. Après un mois passé dans la paix abstraite d'une chambre de clinique, l'entassement des choses en suspens et des affaires de Claude à trier semblait insurmontable. C'est ce dont François devait s'inquiéter lui aussi, car il parlait plus qu'à son habitude. Il savait alors déjà pour la faillite du laboratoire et sa décision de vendre la maison était arrêtée. Mais de ça, il ne disait rien, s'obligeant sans doute au soulagement présent de la voir rentrée chez elle. Lenka en revanche avait été mise au courant de tout, scrupuleusement. Nancy l'avait compris après coup, et mesuré le tumulte qu'avait dû soulever la présence parmi eux de cette femme jeune, présentant bien, une étrangère, chez un homme comme lui qui s'était toujours gardé de toute occasion de séduction.

Vincent avait trouvé à se libérer deux jours dès le lendemain, puis était revenu une ou deux fois dans le mois qui avait suivi pour déjouer les décisions drastiques de François, comme il disait. Nancy n'avait aucun souvenir de l'avoir vu s'intéresser à Lenka, juste de la mauvaise foi et drôlerie avec lesquelles il la prétendait à la solde de son frère.

Les choses étaient allées vite ensuite. Le dernier samedi de juillet, François avait réuni les trois familles à son étude pour présenter les comptes de la succession et leur soumettre une offre pour la maison qu'il pensait urgent d'accepter pour couvrir une partie des dettes. Il était prévu qu'ils viennent ensuite à Beausobre profiter pour la dernière fois du jardin à la saison des cosmos et des poires cueillies tièdes contre le mur d'angle de la véranda. Nancy était reconnaissante à François de s'être obstiné contre elle. Elle attendit que tout le monde ait quitté le bureau pour le lui dire. Occupé à fermer ses tiroirs à clé, François resta longuement silencieux. Cette maison aurait dû revenir à tes petits-enfants, dit-il enfin en levant les yeux, mais c'est parfait si ça te soulage d'en être débarrassée. C'était à lui que la vente coûtait le plus, et il l'en tenait pour seule responsable, venait-elle de comprendre, et c'était la plus grande injustice qui lui était faite depuis la mort de Claude.

Vincent les attendait devant l'immeuble, adossé à la carrosserie d'un taxi. Je te vole maman un moment, dit-il à son frère en venant la prendre par le bras. Il avait retiré sa cravate et sa veste qu'il jeta en tas sur la plage arrière. Nancy le retrouvait, espiègle et juvénile, comme aux dernières années de sa tumultueuse vie de jeune homme à Beausobre. Il avait dit au chauffeur de faire un détour par l'avenue de la gare et surveillait la route avec un fin sourire. Puis, posant doucement sa main sur la sienne, il demanda de ralentir à hauteur du Mirabeau, et se pencha au-dessus d'elle en pointant son doigt vers le ciel. Tu vois le balcon tout en haut du deuxième immeuble ? C'est bientôt chez toi et tu y seras très bien. Nancy le savait capable de prendre ce genre d'initiatives et le crut. Sans lâcher sa main, Vincent se coula à sa place et resta un instant à observer les passants en tenue d'été, une bande de gamins remontant du lac à vélo, des petites au bronzage troué de brûlures roses. Il fallait vendre, c'est François qui a raison, dit-il enfin, plein de délicatesse et de scrupules. Ne m'en veux pas si j'ai laissé tomber. Nancy lui dit être plutôt soulagée que cela ait pu se faire et aussi vite, cette grande maison toute pleine de Claude était trop douloureuse à habiter seule. Elle savait surtout que Vincent avait été happé par le chagrin après qu'Anne-Lise avait à nouveau accouché d'un enfant mort-né en début d'été. Cette fois on a pu le voir tu sais, dit-il soudain très simplement comme s'il n'avait jamais été question que de cela. On l'a même gardé un instant dans nos bras, dit-il encore, un être miniature, violet de veines sous la peau translucide, mais déjà si humain, si paisible. Tu ne peux pas savoir comme c'était déchirant l'expression de paix sur ce visage qui n'aura jamais eu de vie, ni même de nom, ajouta-t-il encore en tournant vers elle ses yeux souriants noyés de douleur. Nancy lui prit la main sans rien dire tant la sincérité nue de la confidence la remuait. Des trois frères, Vincent était le seul à avoir gardé quelque chose de la fabuleuse clarté de l'enfance, et aussi beaucoup de son impatience, de son insatiabilité.

Les autres étaient arrivés avant eux, laissant la porte ouverte sur le soleil du perron où s'avançaient les lézards. Nancy s'étonna de trouver Anne-Lise assise toute seule à la cuisine, ses pieds nus posés sur un tabouret. Ta bonne n'est pas là ? demanda-t-elle, ses yeux poudrés de nacre tournés distraitement vers la cour. Lenka ? Elle n'était embauchée que pour quelques semaines, lui rappela Nancy. L'information laissa Anne-Lise songeuse, ses pieds tâtonnant à la recherche de ses sandales. Puis elle se leva, ouvrit son sac en grosse toile de plage, en sortit une enveloppe de photos qu'elle posa sur la table. Tu pourras les lui envoyer s'il te plaît ? Sa voix était d'une ingénuité un peu éraillée. J'ai trouvé le coupon du laboratoire qui traînait chez nous dans l'entrée, je suis allée les retirer. Sans me méfier, ajouta-t-elle en balançant son sac sur son épaule avant de quitter la pièce.

Les photos étaient prises à Prague où Vincent avait expertisé une collection au début du mois. On y voyait Lenka assise sur un parapet métallique planté au flanc herbu du fleuve poussant ses vastes eaux contre la masse noire de la ville. Elle portait un très beau foulard et des bottes en cuir que Nancy ne lui avait jamais vus. Jambes croisées et mains dans les poches de son imperméable étranglé à la taille, elle se laissait photographier avec beaucoup d'aisance et d'ennui. Sa longue frange en S dégringolait sur son visage, un peu plus à chaque photo, jusqu'à la dernière où elle la raccrochait à son oreille, la tête détournée et les yeux dilués de larmes. Se pouvait-il, se demanda Nancy en repensant à l'impression dérangeante laissée par cette photo, que Vincent l'ait trompée sur le prétexte de ce voyage ? Nancy le savait assez confiant en son charme et en son impunité pour s'inventer un besoin d'interprète. Elle se demandait quand Lenka avait eu l'occasion de s'en plaindre à François, et quand elle avait cédé finalement, puisqu'en tout cas, il y avait eu d'autres voyages par la suite, dont un qui avait été troublé par un appel menaçant d'Anne-Lise, avait-elle su quelques années plus tard, quand celle-ci avait disparu près d'un mois avec la petite et toutes ses affaires.

Sur le moment, dans la cuisine de Beausobre, Nancy s'était agacée qu'Anne-Lise ne soit pas plus au clair avec elle-même, ni mieux armée pour savoir attendre que les passades passent et que Vincent lui revienne. En fait, pensait-elle aujourd'hui, il aurait surtout fallu se demander ce qui avait toujours retenu Vincent de la quitter, sauf peut-être un instinct profond et lucide de son incapacité à se passionner longtemps.

Annick éteignit le téléviseur, chassa les miettes des plis du futon, ouvrit tout grand les rideaux. Clémence n'allait pas tarder à arriver. Elle ne pouvait pas dormir chez ses parents, avait cru comprendre Julien, mais ça n'avait aucun sens.

La rue en contrebas était déserte, écrasée de silence sous la claque tournante d'un jet planté dans le carré d'herbe au pied de l'immeuble. Annick ramassa deux mégots rouillés sur le rebord en ciment. La torpeur indécise où la plongeait la vie à deux le week-end commençait à refluer. Clémence allait trouver qu'elle se négligeait, songea-t-elle en surprenant son reflet dans les vitres. Comme ça, cheveux sommairement relevés et visage nu, elle avait quelque chose de ses grands-tantes du côté de son père, de longues femmes aux yeux cernés, des ouvrières âpres au travail, sans âge ni mari.

Julien revenait dans la pièce avec une bière. Il la regarda renfiler son pantalon, se pencha sur le côté pour mater ses fesses. Qu'est-ce qu'elle vient nous emmerder ta copine ? se plaignit-il en la tirant par le bras jusqu'à lui. Annick se laissa aller un instant à ses mains intrusives puis, lui embrassant l'épaule, elle se dégagea, ramassa un tas de linge entassé dans un fauteuil, poussa du pied les chaussures éparpillées dans le couloir. Elle était en train de vider l'égouttoir quand Clémence débarqua, les yeux chagrins sous une mèche d'un affreux noir synthétique. Ils savent pour mon oncle et me détestent, annonça-t-elle, sa tête appuyée doucement contre le montant de la porte.

Cela fait plus de dix ans qu'on vit ensemble avec Julien, mesura Annick en calculant à quand remontait le jour où Clémence avait dit adieu au gymnase pour se rendre disponible à cette liaison en partie fantasmée dont la totale imprudence ne serait donc pas restée éternellement impunie. Clémence se tenait au bord de la chaise, ses mains coincées entre ses cuisses. C'est ma tante qui leur a dit. Je ne sais pas depuis quand elle est au courant, je ne comprends même pas pourquoi elle fait ça, et surtout maintenant. Son dépit était sidérant. Annick s'assit en face d'elle, bras croisés, la dévisagea. Elle n'a pas vraiment de raisons de te ménager, suggéra-t-elle, se demandant si au moins ils en avaient valu le risque, à l'époque, ces rares après-midi à l'hôtel dont Clémence avait fait une telle affaire, et finalement un obstacle à la sincérité.

Pieds nus sur le seuil de la cuisine, Julien resta un instant à se gratter le bas du dos en regardant

Clémence se moucher. Ça t'apprendra à sortir avec des vieux, lança-t-il, sachant forcément qu'il dérangeait, mais s'invitant tout de même entre elles pour se rouler une cigarette. Clémence lui adressa un sourire indéfinissable et se tut tout le temps qu'il mit à effilocher son écheveau de tabac. Et comme elle levait les yeux pour le regarder lécher le bord du papier à cigarette, il éclata de rire, de ce rire absurde qui retroussait sa lèvre mâchurée de duvet sombre. Ne fantasme pas, bégaya-t-il affreusement, tu es devenue trop maigre pour moi. Clémence lui lança un *pff* plutôt camarade, les bras s'étirant en un long bâillement. Annick s'avisa que c'était la première fois qu'ils se revoyaient depuis ce lointain week-end de ski où ils avaient fini à trois sur un matelas dans la chaufferie, à la moiteur des combinaisons et chaussettes mises à sécher, et au boucan des autres ressortis à minuit faire les cons dans la neige. Elle se demanda ce dont Clémence se souvenait des caresses échangées avec plus d'amusement que de plaisir sous son regard à lui, abruti de shit et d'impossible excitation. Sa langue était pointue – y songer réveilla la sensation déroutante de son habile intrusion dans sa bouche –, son sexe étroit et si sec que celui, mou, de Julien n'avait jamais pu la pénétrer. Annick ne savait plus où Clémence avait dormi. Elle venait alors d'emménager à Bâle et était repartie tôt, prenant le prétexte d'une voiture qui pouvait la rapprocher. Les bises envoyées du bout des doigts par la portière se refermant avaient laissé les frustrations irrésolues. Quoi que Julien ait toujours prétendu, la mémoire de cet épisode était restée très susceptible. Annick s'agaça de le voir quémander leur attention. L'aimer était cuisant parfois. Il était tellement en dessous de lui-même en présence des autres, il cherchait les ennuis avec une narquoise opiniâtreté, il n'était jamais assez douché, se détesta-t-elle de penser.

Un soudain bruit de verre cassé dans la courette jeta une mêlée maladroite de pigeons contre leur fenêtre. Clémence tressaillit comme s'ils l'avaient frôlée puis resta un instant le bras posé sur son dossier à contempler les murs repeints en rouge sombre par Julien. C'est bien, c'est toi ? lui demanda-t-elle, faisant un effort enfin, mais qu'il accueillit d'une moue bouffonne. Il prit encore le temps de rassembler les miettes de tabac et de les faire tomber dans son paquet. Puis il craqua une allumette, loucha sur les serpentins de braises s'envolant sous la flamme, dit OK salut en soufflant un rond de fumée dans la pièce.

Annick le regarda se diriger vers la télévision et s'écrouler très lentement dans les coussins du futon. Il avait des phases dépressives qu'un simple accroc, comme ces retrouvailles ratées, suffisait à déclencher. Reculée dans la pénombre rouge, Clémence l'observait en train de l'observer lui. Son sourire lui fermait presque complètement les yeux, un improbable sourire presque maternel qui réconciliait tout. Comme tu vois, il ne change pas et on est toujours ensemble. On essaie même de faire un gosse, ajouta

Annick après s'être éclairci la voix. Le visage de Clémence s'illumina. Remarque, il fallait bien que quelqu'un s'y mette. On aura attendu nos trente ans pour arrêter de déconner, ajouta-t-elle, sa joue couchée dans ses bras. Annick écarta les mèches dégringolées sur son front. C'est quoi cette teinture ? Clémence répondit qu'elle en avait eu marre d'avoir encore l'air d'une friandise à son âge. Dieter aime bien, ça me vieillit, il a moins l'impression d'être avec sa fille. Son ton de provocation les fit rire, comme du temps où tout les amusait de ce qui aurait choqué leurs mères.

La télévision s'était tue, Annick vit bientôt Julien la traîner du salon à la chambre. Comme ça on ne la dérangera pas si elle veut se coucher tôt, lança-t-il de loin, alors qu'une soudaine mitraille de grêlons crépitait contre l'immeuble. Julien alla fermer dans le séjour. Il revint bientôt avec une poignée de ces gros graviers d'une blancheur de sucre qu'il déposa délicatement sur la table avant de s'éloigner sans un mot. Clémence s'était hissée jusqu'à la fenêtre pour regarder le ciel. Son pull remonté dénudait le décrochement de sa hanche et la peau pâle du ventre creusé sous la ceinture du pantalon. Elle avait maigri en effet, mais sans perdre tout à fait ce velouté d'enfance dont la séduction l'avait en fait surtout fourvoyée. Annick se souvenait de ses velléités de devenir mannequin, encouragées par son oncle qui lui avait donné les coordonnées d'une agence, et de l'incompréhensible rage de sa déconvenue en sortant.

Comme elles avaient été dociles, prenait-elle conscience aujourd'hui, à l'espoir qu'elles pourraient sortir de leur vie par les hommes.

Elles avaient terminé un reste de risotto, histoire surtout d'éponger le vin bu trop vite, sans Julien parti chez des copains. Clémence décollait l'étiquette de la bouteille en prenant des nouvelles des uns et des autres. L'alcool attisait ses nostalgies. Annick s'étonnait de lui découvrir des regrets de l'équipe et des virées aux saisons de tournois. Ça n'avait rien à voir de vivre ça en tant qu'entraîneuse, disait-elle, et de toute façon, tout était devenu tellement plus compétitif. Elle passait désormais une semaine sur deux en Allemagne, chez ce Dieter, un industriel de vingt ans de plus qu'elle, divorcé depuis peu, dont elle avait raconté, au début, qu'il l'emmenait dans ses déplacements mais refusait de lui donner son numéro de téléphone. Elle le disait en riant, faisant comme toujours gloriole de la part de transgression et de frustration qu'il lui fallait pour aimer. La réalité était à vrai dire plus à son avantage à lui. C'est du moins l'impression qu'il avait faite à Annick, lors d'une conversation presque hurlée sous les haut-parleurs d'un stade à Stuttgart. Il était très grand, les épaules curieusement étroites, une tête sans cou, un visage resté jeune sous les épais cheveux sagement longs, et des fossettes à son discret sourire. Sa société sponsorisait l'équipe où Clémence débutait comme entraîneuse. C'est comme ça qu'ils s'étaient connus. Je n'y suis donc pour rien, avait-il plaisanté, si Clémence a décidé de ne pas rentrer après son semestre d'allemand. La maladie de sa mère est une cage, croyait-il savoir, elle a bien fait de s'éloigner, elle est trop jeune pour tout ça. Il avait légèrement rougi à ces mots, s'en amusa, s'en émut même. Annick devinait qu'il préférait attendre que Clémence s'amuse encore un peu et se décide ou non à s'engager, avant d'imposer à ses filles la concurrence affective d'une femme quasiment de leur âge. De fait, Clémence avait mis plusieurs années à se résoudre à un avenir avec cet homme très installé, influent sans complexe, à la sensualité généreuse, plutôt paresseuse, disait-elle, et d'une intelligence amusée, impertinente, très originale, en fait. Cette nuit-là à Stuttgart, après que Dieter les avait laissées finir la soirée *entre filles*, Clémence s'était montrée surtout désinvolte. Je ne vais quand même pas passer ma vie avec un vieux. Mes parents vont halluciner, se moquait-elle aussi, la tête calée sur son poing, une expression de doute à son visage encore d'un blond de fillette à cette époque.

Clémence revenait des toilettes avec la grosse besace toute en pin's qu'on lui avait vue des années, et même encore à la fac. Je l'ai retrouvée au fond de mon armoire, j'étais sûre que maman l'avait jetée. Elle en sortit deux albums, dont un gonflé de photos pêle-mêle qui glissèrent sur la table.

Annick avait eu exactement les mêmes. Des corps impubères en collants blancs, cambrés à la barre, de menus visages aux traits tirés par les chignons, des yeux fardés, des sourires de glace entre les bras en arceau, des ados posant agglutinées, certaines aux chairs épaissies sous les justaucorps, elle dépassant les autres en taille et en âge, les traits longs, soulignés de noirs sourcils, les épaules percées d'os, et aussi des lits d'auberges de jeunesse entassés de copines en t-shirt et culotte, de grandes tablées de visages luisants. Annick les faisait glisser vers elle, une à une, du bout du doigt. Il y en avait de Mathieu, forcément, et ce qui la frappa, c'est le formidable aplomb de sa présence parmi elles. Son désir d'alors lui sauta au cœur, un désir obnubilant, suffoquant d'anxiété, qu'il lui entre dans le corps.

Elle avait rejoint l'équipe à seize ans, parlant mal français, venant d'une autre ville, d'une autre vie aussi, à laquelle son père avait mis un terme au retour de leurs premières vacances à la mer. Deux ans durant, sa tocade pour Mathieu avait comblé les manques et le vide. Une obsession inépuisable qui se suffisait, jusqu'à ce que la possibilité d'une réciprocité la bouleverse – plusieurs jours de suite, elle avait senti sa main chercher la sienne et la frôler sans équivoque – puis la confonde.

C'était le dernier entraînement avant Noël. La chaînette à son cou avait disparu, s'était-elle aperçue en terminant de se rhabiller, si bien qu'elle était retournée dans la salle en anorak et chaussettes. Les autres partaient sans l'attendre ; Annick les voyait s'évanouir dans l'épaisseur de flocons qu'allumaient loin dans la nuit les vitres du couloir.

La salle était silencieuse sous l'éclat blafard des néons. Annick trouva la chaînette là où elle se souvenait avoir enlevé son haut de training. Elle s'était accroupie pour ramasser le médaillon tombé sous le banc lorsqu'elle fut surprise par un *bang* métallique suivi d'un courant d'air froid. On ferme ! lança Mathieu du haut des gradins qu'il dégringolait en souplesse, les mains dans les poches de son short.

Qu'est-ce que tu cherches ? demanda-t-il en la rejoignant. Ça, répondit-elle, la chaînette entre ses doigts, comprenant alors seulement ce qu'il insinuait et qui la paralysa.

Il s'était approché au point que leurs corps se touchaient presque. Ses yeux baissés vers elle lui souriaient. Qu'est-ce que tu cherches, répéta-t-il. La voix était caressante, le ton indéchiffrable. Annick sentait son odeur, sa chaleur, elle expliqua qu'elle avait cassé sa chaînette, se maudissant d'être aussi empotée, ne sachant plus très bien ce qu'elle cherchait en effet tant l'affolement de se retrouver seule avec lui était une douleur. Souriant toujours plus près de sa bouche, Mathieu lui donna un petit coup avec son ventre et soudain goba sa lèvre inférieure, la mouillant abondamment de salive. Son haleine était acide, la sensation un peu dégoûtante, l'intention à la fois narquoise et sensuelle. Annick voulut pourtant croire à un vrai baiser et le rendre. Mais Mathieu retint aussitôt son bras cherchant à l'enlacer, se recula, sa main vite retournée dans sa poche, la contemplant, satisfait. Annick avait l'impression d'avoir été ébouillantée, elle n'avait pas les clés pour réagir à ça. Se penchant à nouveau, Mathieu écrasa brièvement ses lèvres sur les siennes, puis presque affectueusement sur son front, avant de lui chuchoter : Joyeux Noël, jeune fille, et arrête de rêver.

Ses mains ne l'avaient même pas touchée, c'est ce qui la mortifiait et la préserva un temps de toute tentation de souffrir. Il y eut d'autres occasions par la suite, de rares coups tirés dans l'inconfort du gymnase désert. Mathieu lui en donnait le signal à l'échauffement, semblant toujours se moquer un peu de l'émotion provoquée. Annick n'était même pas sûre du plaisir qu'il prenait lui, tant il semblait surtout concentré à ne pas jouir en elle. Elle n'avait jamais su ce qui avait décidé que ça s'arrête, ni de quoi était fait l'insondable sentiment de perte ressenti.

À cette même époque et depuis longtemps déjà, avait-elle appris au moment du départ pour un tournoi à Mulhouse, Mathieu avait une liaison avec la mère d'une des filles de l'équipe, Maï, une gamine adoptée, extrêmement douée, dure au mal, fugueuse. Le départ avait été fixé au petit matin. L'heure était passée mais Maï n'arrivait pas.

Kristen était partie appeler du gymnase quand la mère surgit d'une rue adjacente. Mathieu s'avança sans hésiter vers elle qui avait pris soin de se maquiller pour venir lui faire une scène. Dans le car, les plus averties gloussaient de voir cette maman défaite. Kristen, remontée à bord, les fit taire d'un simple mouvement de tête consterné. Déjà Mathieu les rejoignait en quelques foulées énergiques. Il claqua des mains, lançant : C'est bon, Maï ne vient pas, on est parti !

Annick gardait un souvenir précis de ces deux heures de route sous un ciel s'éclairant peu à peu de rose. Elle revoyait Mathieu en doudoune sans manches, déambulant entre les travées pour distribuer les consignes et répartir les chambres entre elles ; Kristen aussi, allongée dans un double siège, ses pieds croisés sur l'accoudoir, un chewing-gum planté au coin de son grand sourire de toujours ; son même grand sourire à elle, tendu vaille que vaille au-dessus de l'effondrement dans sa poitrine, avec cette absurde fierté qu'elles mettaient toutes finalement à si bien encaisser.

Julien la draguait depuis les vacances, sachant plus ou moins tout cela, qui le faisait bien marrer, disait-il. Il s'était installé comme artisan et avait son propre appartement. Annick y fuma ses premiers joints, une nuit morose où la jouissance l'envahit pour la première fois par surprise, alors que Julien la besognait sans urgence, lui débitant des obscénités d'une voix heureuse à l'haleine de sexe et de fumée. Elle avait emménagé chez lui après les fêtes de Noël et arrêté la gym en fin d'année scolaire, moins par loyauté que pour ne pas compromettre la rassurante dépendance sur laquelle s'engageait leur couple. La vie avec lui était sans histoire, sans inquiétude, sans enjeu. Annick se sentait désirée et confiante. Elle n'avait pourtant jamais pu se départir vraiment de l'impression de passer à côté de la seule passion qui aurait pu l'épanouir.

Tu le trouves toujours aussi beau ? demanda Clémence en poussant vers elle une photo de Mathieu. L'avait-elle trouvé beau ? Non, plutôt dérangeant, en fait, et c'est du violent malaise ressenti qu'était né ce désir jamais satisfait. Tu sais qu'il s'est remarié avec Maï ? demanda-t-elle. Clémence semblait être au courant déjà ou s'en foutre. Elle avait posé l'autre album sur la table, celui de son enfance, de ses étés en maillot de bain dans le chalet de ses grands-parents. Annick y avait passé une semaine affreuse avec une Clémence de quinze ans, complètement changée, dans l'attente presque folle de cet oncle de Lyon qui la faisait fantasmer mais n'était jamais venu, n'avait même jamais appelé, et dont Annick s'était demandé si même il existait.

Retenant ses cheveux d'une main, Clémence poussa l'album sous ses yeux. Tu vois cette nana, dit-elle, son doigt posé sur une grande silhouette en robe-chemisier claire, cintrée à la taille, marchant sur le sentier le long du lac avec un jouet d'enfant négligemment tenu au bout de son bras. Elle a travaillé comme garde-malade chez ma grand-mère. Apparemment mon oncle couchait avec elle aussi, à la même époque si ça se trouve. Le visage avait quelque chose d'un peu fade, mais l'allure était absolument superbe. Annick inclina la tête pour observer l'expression de Clémence. Sa mélancolie l'avait gagnée, indicible et vaste comme le trou laissé par ces années de jeunesse où elles s'étaient passionnément laissé vilipender.

Clémence était couchée déjà quand Julien rentra. Sa toux l'avait précédé dans le silence de la rue. Annick alla le guetter de la fenêtre du couloir de l'immeuble. Elle espérait peut-être faire revivre au moins une impatience qui disperserait les doutes et les anciens démons qu'avaient fait resurgir les photos.

Il avait mis un vieux pull aux coudes déformés. Annick le vit s'engager le long du mur sous les grosses têtes de buissons culbutées dans le vide. La porte de l'immeuble retomba doucement alors qu'il gravissait les marches dans le noir. Elle sentit son essoufflement arriver à sa hauteur. Je pue, on a fait des grillades, soupira-t-il en lui enlaçant la taille par-derrière. Il avait bu surtout, son corps pesait de toute sa force ankylosée. Annick se retourna pour se dégager, riant qu'il l'écrasait. Il la lâcha, croisa les bras, ricanant. Et voilà, je l'aurais parié. Voilà quoi ? demanda-t-elle, découragée qu'il faille en passer par là si souvent. Clémence est là et tu n'es plus pareille. Ah bon, et je suis comment ? Je n'en sais rien, c'est toi qui sais comment tu es, à quoi tu penses. Son corps ressaisi lui faisait barrage. Annick avait envie de dormir, elle appuya son front contre son buste en le suppliant de la prendre dans ses bras. Te force pas surtout. Il l'avait repoussée, un drôle de regard à ses paupières mi-closes, et recula jusqu'à leur porte, lentement, comme pour mieux lui signifier une pourtant si fausse indifférence.

Il avait dû aller directement dans leur chambre. Le couloir était plongé dans le noir, le futon déplié au milieu du salon faisait comme un radeau pâle à la lueur du dehors. Clémence y était entièrement enfouie sous la couette. Elle ne dormait pas, se souleva brusquement sur un coude en entendant Annick approcher, s'essuya les joues du plat de la main. Ses paupières n'étaient plus qu'un épais bourrelet fendu de larmes.

Comment j'ai pu tout gâcher à ce point, gémit-elle, un pli dégoûté à ses lèvres mordues. J'aurais dû rester, je n'oserai jamais les rappeler. Elle avait rabattu la couette et regardait autour d'elle comme si tout s'effondrait. On peut te ramener si tu veux. Mais Clémence secoua la tête en s'essuyant les yeux avec le bord de sa manche. Annick la contemplait sans trop savoir que dire ni comment réagir. C'était fou que les parents n'aient jamais rien soupçonné, alors que Clémence vivait encore sous leur toit à l'époque où elle aurait fait absolument n'importe quoi pour voir son oncle, et peut-être aussi, dans le fond, pour que cette liaison se sache. Annick ne connaissait de lui qu'une photo que Clémence avait piquée dans un tiroir de sa grand-mère. Une photo prise à une réception, sur une terrasse d'hôtel derrière laquelle se devinait une grève de galets sombres roulés dans l'écume. C'était impossible de se faire une idée de ses traits, mais un peu de son charme et surtout du genre de vie qu'il menait. Qu'est-ce qu'un homme comme lui avait pu aimer chez Clémence au point de compromettre le monde de confiance et de loyauté où il savait parfaitement qu'elle vivait ?

Tu vas lui en parler ? À mon oncle ? s'étonna Clémence. Remarque, ça lui ferait les pieds d'avoir un peu la trouille. Elle avait ramené ses jambes contre elle et posé son menton sur ses genoux. Ma mère croit que ça me dégoûte de la regarder manger. Et c'est vrai que ça me dégoûte, gémit-elle dans un froissement de tout son visage. Ça me dégoûte et ça me panique. Ça fait quelque temps maintenant qu'elle a du mal à avaler et qu'elle s'étouffe. Il faut la faire recracher, c'est horrible.

Clémence en avait très peu parlé de la maladie de sa mère, qui semblait surtout lui avoir servi d'alibi pour sécher l'entraînement et passer des week-ends entiers chez sa grand-mère, une Anglaise, jolie femme, moderne comme aucune de leurs grands-mères ne l'étaient, ni même leur mère, et qui faisait partie des atouts de Clémence, comme cette liaison mystérieuse avec son oncle, et même cette mère malade. Annick découvrait en quelque sorte que tout était vrai, et qu'elle n'avait pas été très généreuse.

Je sais bien que je ne viens plus très souvent et que je ne les appelle pas assez, reprit Clémence en remontant la couette sur sa gorge. Mais je ne m'habitue pas à voir ce qu'elle est devenue. Et je ne sais pas quoi leur raconter de ce que je fais, la vie qu'ils mènent me fait tellement pitié. Je n'ai toujours pas réussi à leur parler de Dieter, alors maintenant, tu imagines… Des larmes mouillèrent à nouveau son sourire de dépit et de tendresse. Je ne vais pas supporter qu'elle m'en veuille, souffla-t-elle d'une voix plaintive. Annick colla son front contre le sien. Son corps hurlait de fatigue mais elle se sentait une telle dette d'attention et même d'amitié. Un camion passait dans la rue, un lourd et lent engin de chantier dont le gyrophare muet balaya les vitres, le parquet, les pieds nus de Julien ressorti dans le couloir pour voir ce qui se passait. Clémence lui adressa un sourire. Vas-y, dit-elle à Annick, faut que je dorme de toute façon, je prends le train tôt demain, Dieter essaie de rentrer dans la journée. Annick la prit par le cou et la berça doucement. Qu'est-ce que tu comptes faire, témoigner pour ta tante ? Jamais de la vie, s'étonna Clémence, tu veux qu'ils me renient ?

Julien s'était recouché. Il attendit qu'Annick ait fermé la porte de la chambre pour allumer de son côté. Son visage en chiffon lui faisait face. Qu'est-ce qu'elle a encore fait comme connerie ? demanda-t-il en lui ouvrant les draps. Rien, ses parents ont appris pour son oncle et ça fait un drame. Ils ont mis le temps, ricana-t-il. T'inquiète que si ce type n'était pas connu, ce n'est pas après Clémence qu'ils en auraient.

Morgins, enterrement de Judith

Mai 2005

Il y avait deux voitures à l'ombre de l'ancienne étable. Clémence se gara plus loin dans la caillasse, tout près du départ du télésiège. Sa fille lui avait laissé un Je ne suis plus fâchée, je t'aime, sur son téléphone, auquel elle répondit qu'il y aurait d'autres occasions moins tristes de venir. Sa maturité à dix ans pour terminer les disputes l'étreignait de reconnaissance. Elle ne se souvenait pas avoir jamais eu l'occasion, gamine, de contester ni de pardonner l'arbitraire des adultes.

Il était encore tôt, l'air était vif. Clémence fit quelques pas dans ses vieilles chaussures de marche, où l'empreinte de ses pieds s'était durcie. L'eau de la fontaine avait été coupée, mais c'est le ruisseau qu'on entendait rouler des brisures d'ardoise sous la mousse de cresson et le jaune laiteux des renoncules. Clémence le longea jusqu'à un étranglement traversé d'un gros tuyau en ciment, et soudain ce filet d'eau glacée s'évasant en méduses sur le dos des cailloux, ces dénivelés cabossés, roses des joubardes écloses aux longs dos de pierre, l'obscurité des sapins en contrebas, le souvenir de leur poix sur les doigts, tout ça l'étreignit d'un regret qu'elle ne se savait pas pour la période de son enfance où ses parents la portaient sur leur dos dans les sentiers d'alpages. Elle chercha en vain à retrouver d'où partait celui pour la cabane, et c'est là, plus haut dans le pâturage, qu'elle aperçut Anne-Lise, assise seule sur une souche, en court blouson rouge et pantalon corsaire.

C'était bien la dernière personne qu'elle avait imaginé revoir ce jour-là, Anne-Lise avait quasiment disparu de la famille depuis les trois ou quatre ans de Sofia. Clémence s'engagea dans sa direction, enchaînant les paliers d'herbe drue avec une énergie atavique retrouvée. Anne-Lise la suivait des yeux, le blouson posé sur ses épaules nues, un pied déchaussé. De loin, j'ai cru voir ta mère, osa-t-elle très simplement dès qu'elles furent à portée de voix. Clémence avait songé à ça en venant, que les gens croiraient voir la morte qui devait avoir comme elle la quarantaine au moment où leurs vies à tous s'étaient dispersées.

Anne-Lise se poussa d'une fesse pour lui faire une place sur la souche. J'ai fait une grande balade par là et je me suis cassé la gueule, dit-elle, sa main désignant la raide trouée touffue de rhododendrons au-dessus de laquelle se balançaient les câbles du télésiège. Sa cheville écorchée était d'une blancheur d'os suintant de sang dilué d'eau cireuse. Anne-Lise y tapota le mouchoir qu'elle tenait serré dans sa main et qu'elle fourra ensuite dans sa poche.

Plusieurs voitures se garaient sur le terre-plein devant le restaurant, un vaste toit en plaques d'amiante qui soulevait des mètres de neige en hiver au-dessus de la longue et étroite façade de bois noir à l'enseigne Rivella. C'est ici qu'on déjeunait avant de monter à la cabane, expliqua Clémence pour justifier que son père ait pu faire rouvrir en pleine semaine et hors saison. Anne-Lise était en train d'écarteler sa basket pour y glisser son pied. Clémence retrouvait ses façons ingénues et pourtant décidées, son visage à l'ovale presque enfantin, mais dont la pulpe n'était plus irriguée par cette incroyable lumière qu'elle avait eue.

Anne-Lise se laissa scruter, puis lui fit face, la mâchoire calée aux creux de sa paume. Elle hésita quelques instants, concentrée et tendre. J'ai appelé ta mère dès qu'on a su, j'avais envie d'entendre sa voix, je suis tellement admirative qu'on sache choisir sa mort. Elle a d'abord laissé passer un long silence, puis elle a dit : Je t'en ai voulu, on aurait préféré ne rien savoir pour Clémence et Vincent. J'ai dû lui faire répéter car je la comprenais mal, et quand j'ai compris, j'ai raccroché. Clémence laissa la confidence infuser en elle. Le reproche la stupéfiait, il était si scandaleux de sincérité et d'inconscience.

Anne-Lise semblait attendre qu'elle réagisse, la parcourant des yeux avec calme, un calme innocent. Tu y as assisté ? finit-elle par demander. Clémence fit non de la tête. Je n'ai pas eu la force. Comme tu vois, maman n'a jamais vraiment digéré cette histoire et j'ai eu peur de ce que serait ce dernier échange, peur aussi qu'elle n'arrive pas à déglutir le truc. C'est d'ailleurs ce qui s'est passé, elle a tout recraché et il a fallu aller chercher une autre dose, précisa-t-elle, avec encore à l'oreille l'accent de dérision désespérée qu'avait eu son père au téléphone. Anne-Lise l'écoutait toujours bien en face, sans chercher à manifester autre chose que sa pure curiosité. La luminosité du ciel ricochait dans la profondeur pailletée de ses yeux. C'était en ça qu'elle était si aimable, en fait, si indispensable, sans doute, songea Clémence : ce regard limpide, grand ouvert et sans peur sous l'apparente frivolité.

Clémence vit que son père était là, et aussi Karine, très amaigrie, dont la perruque scintillait au soleil comme un feu orange. Il y avait les voisins de ses parents, des anciennes collègues de sa mère, qui étaient restées fidèles toutes ces années, et d'autres personnes encore dont elle ne savait rien. Un couple âgé, avançant main dans la main, amenuisé par le poids du paysage. Une grande femme, à queue de cheval d'un bel argent mélangé de noir, se tenant bras croisés et souriant à Vincent qui arrivait par un chemin d'ornières à travers le pré. Il marchait au pas de Nancy dont il couvait la main accrochée à son bras encombré de jaune, étonnamment identique à lui-même, dans l'allure et l'attention galante qu'il portait à sa mère. Anne-Lise s'était mise debout en l'apercevant elle aussi. Elle tordit sa cheville dans la basket pour tester la douleur. Nancy a trouvé ses trolles on dirait, lança-t-elle avec un petit claquement de langue.

Ils étaient donc venus ensemble, invités par Nancy, forcément. Vous n'avez pas amené la petite ? Anne-Lise rit. Sofia ? Elle a vingt-trois ans je te signale, elle fait une école en Angleterre. C'était donc si vieux, ce jour d'été au lac où Vincent avait débarqué avec la gosse agrippée à son cou, un minois étroit comme le sien, des boucles lui tombant dans les yeux et des cris stridents d'adulée.

Vincent avait tant insisté pour que Clémence vienne cette semaine-là et s'en était tant impatienté qu'elle avait compris qu'il serait seul. Elle avait cru aussi, peut-être espéré avec une insondable terreur, qu'il avait en tête de ne plus se cacher. Son arrivée, en famille, riant de la férocité avec laquelle la petite l'étranglait de ses bras minces, l'avait soulagée en fait d'une situation pour laquelle elle n'avait ni l'audace, ni le désir. Mais Vincent n'avait même pas levé les yeux vers ce qu'il savait être sa chambre, pas non plus lorsqu'il était ressorti chercher le reste des bagages.

La porte d'entrée était retombée derrière lui, aspirée par un courant d'air. Clémence restait là, cœur bondissant, ne sachant même pas ce qu'elle ressentait au juste. De la terrasse côté lac lui parvenait l'habituelle agitation des arrivées : les voix trop fortes et rieuses, le raclement des chaises ressorties, la petite percussion des transats qu'on déplie. C'était fin août, peu avant dîner. L'ombre du chalet s'étendait jusqu'aux prés grillés au-delà de la route où s'effilochait tout un groupe de jeunes types à vélo, en t-shirts claquant de vent, chacun lesté d'un énorme barda de sacs de tentes et de planches à voile. Clémence se laissa tomber sur le lit où elle resta sans bouger, toute à la jouissance amère de la colère qui montait.

Vincent était à l'étage entendit-elle bientôt. Il l'appela doucement, toqua à la porte, entra en souriant puis rit, un rire affectueux, en la voyant battre des pieds pour l'empêcher d'approcher du lit où il s'assit pourtant. Mais qu'est-ce que c'est que ces manières ? Tu m'avais dit que tu venais pour moi, lui souffla Clémence. Vincent la fixait. Tout son visage s'était écarquillé de sidération et de gentil reproche. Mais enfin Clémence, je suis marié.

Juste sous la fenêtre, des pas faisaient crisser le gravillon du sentier entre les ifs, ceux d'Anne-Lise partie chercher quelque chose à la voiture et qu'on entendit bientôt demander un sac où mettre les habits de Sofia qui avait vomi en route. Clémence l'imaginait sur la pointe des pieds, son buste faufilé par la fenêtre entrouverte de la cuisine, les habits puants pincés du bout des doigts. Cet épisode domestique accapara l'attention de Vincent un instant puis, revenant à elle, il posa un genou sur le lit et se dressa sur les mains pour avancer jusqu'à sa bouche, le regard ivre d'une étrange douceur.

Clémence se recula d'un mouvement si brusque qu'il se figea. Il pencha la tête comme pour évaluer le sérieux de son refus, se rassit. Ses traits s'étaient effondrés, ses mains reposaient désemparées sur ses cuisses maigres, et Clémence eut une intuition fugace du mal qu'on devait pouvoir lui faire. Vincent resta silencieux un instant. Je ne t'embêterai pas, dit-il en prenant délicatement son pied nu qu'il porta à ses lèvres et reposa. Promis, insista-t-il dans un lent battement de paupières.

Sofia était montée, on entendait ses pas fureter dans le couloir. Vincent se leva pour aller lui ouvrir. La petite se glissa avec une sorte de violence dans la chambre et s'arrêta fascinée en voyant Clémence sur le lit. Elle portait un short par-dessus son maillot de bain, une seconde peau plus claire à son corps très mince, étrangement palpitant, dessiné de côtes menues au-dessus du bouton proéminent du nombril. Vincent les observait l'une et l'autre avec bonté. C'est vrai que vous ne vous connaissez pas encore, s'amusa-t-il en cueillant le petit visage dans sa main pour le lever vers lui. C'était un geste très ému, très heureux, comme il en avait parfois pour elle, songea Clémence, comprenant que si jamais il l'aimait, c'était tendrement, comme une gosse.

Karine et les enfants étaient là depuis deux semaines déjà, supposés rester jusqu'au dimanche eux aussi. Clémence ne se montrait pratiquement qu'aux repas. Les liens de l'enfance avec ses cousins ne s'étaient de toute façon pas réinventés. Les jumelles, longues perches pâles, étaient à un âge plein d'ennui et de rancune, et Louis, seul garçon, un peu grassouillet, un peu brutal, toujours parti à vélo.

Vincent passait le plus clair de son temps au téléphone ou à lire les journaux à l'ombre, le long de la berge. Il mettait à la voir ou non, à l'écouter, à lui sourire, le même absolu naturel affectueux de toujours dont il n'aurait jamais rien fallu déduire ni espérer. Sa patience au harcèlement de sa fille, qu'il accueillait et repoussait tout à la fois d'un bras cajoleur, relevait de cette même douce distraction aux autres. Le délaissant soudain, la petite retournait à ses jeux, des collections de plumes et d'insectes qu'elle dénichait en fouillant les joncs de la berge avec un long bâton. Clémence l'intriguait, ou plutôt son cafard, qu'elle tourmentait avec une sorte d'instinct très précoce des situations. Ne te laisse pas martyriser par ta cousine, conseilla Anne-Lise, un après-midi qu'elle était soudain apparue à la porte, en chemise d'homme par-dessus son maillot de bain, encore éblouie de soleil ou de légère inquiétude. Clémence se souvenait surtout de son regard circulaire dans la chambre en disant cela. Anne-Lise avait compris (probablement comme tout le monde) dans quelle détresse elle était, à vrai dire surtout à l'idée de l'avoir blessé en le repoussant le jour de son arrivée, de l'avoir perdu.

Quel âge avais-tu ? demanda Anne-Lise après qu'elles avaient fait quelques pas dans la descente.

Quand ça ? Quand ça a commencé. Clémence ne savait pas si elle parlait de Vincent ou de la maladie de sa mère. Tout juste dix-huit ans, répondit-elle en se retournant. Anne-Lise marchait comme une funambule, se tenant d'une main à la pente. Elle regardait où elle mettait les pieds mais avait parfaitement entendu, semblant juste hésiter à poursuivre. Je n'avais pas prévu de le leur dire, tu sais, mais ta mère a eu une réaction de telle méfiance quand j'ai demandé à te parler. Comme si c'était moi la coupable, ajouta-t-elle avec une offensante légèreté alors qu'elles arrivaient sur le terre-plein. Clémence ne sut pas comment réagir à cette pique lancée comme ça dans la nature. Elle se demanda comment faisait Vincent face à des attaques aussi biaisées. Il était un peu plus loin, en compagnie de la femme à queue de cheval, mais les avait vues et leur souriait. S'interrompant un instant, il s'avança même pour venir l'embrasser, lui soufflant tout bas un comment vas-tu ? sur un ton d'obligeance très appuyée.

Les deux tables de la terrasse étaient désormais au soleil, semées de plats de charcuterie et de fromage comme sa mère l'avait souhaité, apprit Clémence. Son père apportait des piles de chaises. Il avait retiré sa veste mais gardait sa cravate durement serrée à son cou. Clémence se demanda ce qu'il ferait du vide soudain de ses journées, du silence et des ressources de ténacité déployées. Ce qu'il ferait aussi des incompréhensions qui s'étaient vite exprimées du côté des sœurs de sa mère, de leur punitive absence à cet adieu sans cérémonie à une suicidée.

Il était convenu qu'ils iraient ensuite tous les deux disperser les cendres dans le ruisseau près de la cabane. L'urne devait être dans le coffre, se dit Clémence, ne la voyant pas sur les sièges de la voiture. Un profond désarroi la gagnait face à l'absurde et violente réalité de ces derniers jours où elle n'avait pas eu ou pas pris sa place, pas osé l'usurper en quelque sorte, elle qui s'était si peu rendue disponible pendant les dernières années d'effrayant déclin, et avait bien peu répondu à leurs efforts de vraie réconciliation. Il aurait fallu pouvoir partir marcher seule, marcher comme elle s'en découvrait le regret. Mais son père lui faisait pitié, ainsi dépareillé et remis sans transition face au monde. Il était resté bel homme, tonique, se surprit-elle à penser, se demandant quel genre de relation serait possible désormais, et combien ils pourraient et sauraient être présents les uns pour les autres.

Tu me reconnais ? C'était Louis, semblant étonné lui-même ou satisfait d'être devenu ce trentenaire presque chauve, grand et large dans un costume en laine beige qui faisait monter une buée de sueur à son crâne. Il se retourna à demi pour lui présenter son épouse, Julia, une jolie femme aux longs cheveux coiffés en arrière dont le sourire la traversa. Le geste était d'une cérémonie un peu vaniteuse. Clémence ne retrouvait rien du gamin qui poursuivait ses sœurs dans l'enfance. Son plaisir à la revoir la déconcertait, elle ne sut pas refuser de s'asseoir avec eux à table.

Ils avaient deux petits garçons d'âges rapprochés qui étaient partis jouer sans vouloir manger et pour lesquelles la mère se relevait constamment, pleine d'une sollicitude très affichée. Elle était assistante en pharmacie et Louis dans le marketing. Ils venaient de faire construire dans la banlieue de Bienne, raconta-t-il encore en les resservant de vin. Après une rasade longuement dégustée et un sourire amusé qu'il semblait s'adresser à lui-même, il ajouta qu'étant gosse, il suivait jalousement ses résultats en compétition. Clémence rit que cela faisait près de vingt-cinq ans. Elle avait l'impression qu'il s'adressait à un souvenir. Mais Louis l'avait aussi vue en photo sur le banc des entraîneurs à Athènes, l'année précédente, il savait même qu'elle avait finalement accepté d'emménager avec le père de sa fille. Ils ne sont pas venus ? demanda-t-il soudain, avec un sourire dont Clémence n'interpréta pas l'ironie. Erika a dix ans, elle n'a connu maman que très diminuée, elle en avait un peu peur, et Dieter ne parle pas un mot de français. Et puis j'avais envie de passer du temps avec papa, ajouta-t-elle, détestant se montrer si peu affirmée dans son choix d'adulte, pourtant résolu et jamais reproché, de ne s'être sentie qu'un minimum de devoir par rapport à la maladie. Les liens qui s'étaient maintenus entre sa mère et la famille restée en Suisse avaient été plus assidus et confiants qu'avec elle, ils justifiaient en partie ce repas. Clémence voyait pourtant combien il coûtait à son père d'être là. Les coudes sur la table, sa bouche écrasée sous ses mains nouées, il regardait les restes de charcuterie commencer à suer au soleil. Clémence le sentait dans l'impatience et l'appréhension de leur expédition à la cabane. Elle guettait un signe de lui pour aller demander qu'on commence à servir les desserts et les cafés.

Les petits étaient partis avec leur mère se choisir un cornet de glace. Louis recula sa chaise, alluma un fin cigare sur lequel il tira en renversant la tête en arrière. Clémence n'en revenait pas de la conviction qu'il mettait à son rôle d'adulte. Jean-Philippe était resté de longues périodes sans emploi, à une époque où le chômage était en quelque sorte inexcusable. Lorsqu'elle avait dans les quinze ans, Clémence avait passé deux jours déprimants chez eux, dans l'invraisemblable bazar de leur maison à l'entrée de Delémont. Karine s'était mise à élever des chiens, des monstres noirs et roux qu'on voyait au moindre bruit s'écraser gueule ouverte contre le grillage de l'enclos. Les soucis d'argent lui avaient fait perdre toute patience, surtout avec Louis, qui prenait un malin plaisir, devant Clémence du moins, à se foutre des engueulades et des menaces. Peut-être était-ce une insécurité ou des hontes d'enfant qu'il réparait par ses façons embourgeoisées. De temps en temps, Clémence le voyait s'inquiéter de sa mère à la table voisine. Elle-même n'avait pas eu la force d'aller lui parler tant le cancer semblait l'avoir rattrapée et les traitements décapé sa nuque, d'une nudité dérangeante sous les boucles synthétiques.

Comment elle va ? Louis fit une moue. Ça va à peu près, et pour une fois papa assure pas trop mal. Elle a eu une longue rémission, puis c'est reparti en début d'année, dit-il en écrasant une boulette de mie de pain dans sa paume. La chimio à l'air de bien fonctionner, on en saura plus lundi. Clémence le sentait extrêmement coutumier des misères endurées et surtout très concerné. Elle ne fera jamais comme ta mère, dit-il, avec aussitôt un geste signifiant qu'il ne jugeait pas. Il s'était levé à demi pour retirer sa veste et apparut soudain tout d'une masse solide et pâle sous la chemise mouillée aux aisselles. Clémence remarqua une minuscule croix tatouée dans la chair des épaules. Il émanait quelque chose d'étrangement viril et rassurant de ce corps ample, bien campé dans les responsabilités nouvelles et l'assurance qu'il semblait y trouver.

Le soleil s'était retiré du terre-plein comme aspiré par la pente. Ce fut le prétexte d'un premier mouvement de départs. Anne-Lise avait avancé la voiture. Nancy s'y dirigeait au bras de son aîné sur lequel elle levait un regard soudain désemparé. Vincent en profita pour venir prendre congé à leur table. Il se fit présenter Julia, s'enquit des prénoms des deux petits, les surprit par une poignée de main adulte. Clémence se remémora la gratification que c'était, gamine, d'être comme reconnue par cet oncle si rare, dont la vie se déroulait tellement loin de leur petit monde. Il était resté le même, son visage à peine plus aiguisé, encadré de crans châtains qu'il écartait de son front d'un doigt caressant.

J'ai beaucoup pensé à toi tous ces jours, dit-il en la fixant par-dessus la table. Clémence le considéra un instant, ne sachant sur quel ton lui répondre. C'est gentil, mais je n'ai pas vraiment été là ces derniers jours, finit-elle par rectifier, trop consciente et coupable du maigre soutien qu'elle avait été pour son père, et s'en voulant de ce que leur histoire avait causé de tristesse et de méchants procès. Vincent hocha la tête. On s'en reparle, dit-il en entendant qu'Anne-Lise l'appelait. Ça me ferait très plaisir de te revoir, insista-t-il avec un regard plein de culot et de joyeux souvenirs, une joie que rien n'avait dû inquiéter jamais, constata Clémence en voyant son père le remercier de sa venue d'une brève accolade reconnaissante. Elle regarda la voiture s'éloigner, chercha en vain son père des yeux. Quand elle se tourna à nouveau vers la table, Louis la dévisageait tout en faisant tourbillonner son vin dans son verre. Sa bouche s'était comme amollie, son regard réveillé. Ça aussi ça fait longtemps, sourit-il en désignant d'un mouvement de la tête la Toyota de Vincent disparaissant dans les lacets de la route. Il y avait donc eu tout le temps ça entre eux depuis qu'ils bavardaient, cette curiosité un peu complice, un peu salace, assumée, et à vrai dire presque excitante, pour cette jolie cousine qui devait aimer ça.

C'était qui, la femme avec la queue de cheval ? demanda Clémence alors qu'ils cheminaient l'un derrière l'autre dans la pénombre et les sons étouffés de la forêt. Tu l'as oubliée ? C'est Carol, la première fiancée de Vincent, répondit son père sans réfléchir, ni se souvenir tout de suite, car il ajouta encore : Sans doute la seule qu'il ait vraiment aimée. Aussitôt sa voix se cassa et il s'arrêta. Excuse-moi Clémence, dit-il en se retournant lentement pour lui faire face. Ses yeux étaient pleins de douleur. Ça a été une telle déception et un tel chagrin pour ta mère, ne put-il pourtant s'empêcher d'ajouter, tentant un geste maladroit pour la serrer contre lui. Clémence se recula, elle voulait qu'il la regarde. Tu te rends compte qu'elle ne s'est plus jamais montrée affectueuse avec moi ? Son père la contemplait, désolé, ne sachant visiblement que faire de sa colère ni de ce pénible sujet resurgi entre eux. Ça avait cassé quelque chose, que veux-tu, comment aurait-il pu en être autrement ? Tu étais beaucoup sur la défensive, tu n'as jamais exprimé de regrets… Clémence agita la tête, presque tentée de rire de cette excuse accusatrice. De fait, elle n'avait pas de regrets, pas de remords non plus, quoi qu'on puisse penser désormais d'une telle relation. C'est ce qu'il aurait fallu pouvoir expliquer, elle était venue seule dans cet espoir, mais tout était demeuré trop lourd, trop longtemps, c'était surtout une autre vie qui ne valait peut-être pas d'être remuée. Son père resta un instant dans l'attente d'autres reproches. Dieter n'est au courant de rien pour Vincent si jamais, l'avertit Clémence quand il se fut remis en marche. Il ne comprendrait pas lui non plus.

La cabane commençait à leur apparaître au loin, par touches de couleurs entre les troncs et le fin tissage des branches mortes. Clémence vit son père ralentir puis s'arrêter à la lisière et faire un pas de côté pour qu'elle puisse voir elle aussi.

Une grande toile ensoleillée était accrochée au toit, soutenue de l'autre côté par deux piquets envolés de bandelettes rouges. Plus loin, du côté où jaillissait le petit ru de leurs ablutions, des chaises longues étaient sorties, une piscine en plastique, et du linge séchait dans l'herbe. Clémence ne se souvenait pas d'avoir jamais su à qui ils avaient vendu, à l'évidence à des jeunes, bien plus libres qu'ils ne l'avaient été. Il n'y avait personne, pas un bruit, leur présence n'en semblait que plus déplacée. Clémence se demanda ce qu'ils allaient faire des cendres ballottées dans l'urne au dos de son père. Son souffle râlait un peu, remarqua-t-elle, et cela aussi, le constat de sa condition physique perdue, devait participer au chagrin qui semblait avoir fondu sur lui, un chagrin que Clémence pouvait presque éprouver, presque entendre.

Carol avait gardé de Judith le souvenir de cette épouse un peu fade, longue et anguleuse, qui contre toute attente l'avait soutenue au moment de la rupture fracassante avec Vincent. Elles s'étaient même revues, dans un restaurant d'hôtel donnant sur une eau d'un bleu kitch de glace au-delà des pelouses printanières. Judith était venue en cachette de François, très en colère, disait-elle, que ses parents aient été maltraités dans cette affaire. Sa solidarité n'était d'ailleurs pas complètement sans reproche ni malaise. Carol voyait bien qu'elle la brusquait à persister avec jubilation dans la colère ; elle ne s'était pas privée de le faire.

C'est à elle pourtant que Judith avait choisi de se confier, des années plus tard. Elle était malade déjà, elle n'était plus la même. Je suis devenue un poids, avait-elle souri en approchant de la terrasse où elles avaient rendez-vous, évacuant tout de suite la violente surprise créée par son pas bancal d'une lenteur suffocante. Elle n'était surtout plus aussi *vierge*, se souvenait avoir pensé Carol ce jour-là, la maladie l'avait affirmée et la cassure avec Clémence enrichie de beaucoup de doutes.

À l'époque, Judith pouvait encore faire cet effort, énorme, de prendre seule un taxi pour la rejoindre quand elle était de passage. Le lien s'était maintenu les années suivantes, à travers de rares appels presque inaudibles où se disaient des choses belles et sidérantes. François avait finalement été mis au courant de ce que Judith lui avait décrit comme une grande amitié. C'est ce qu'il avait précisé dans son message en début de semaine. Ajoutant : Ça s'est passé hier, Clémence finalement n'a pas souhaité être témoin. Il y aura un repas samedi prochain à Morgins, nous serions heureux que tu viennes.

Carol avait hésité à faire la route seule en voiture, se souvenant du sentiment d'insondable éloignement, l'unique fois où elle était venue par ici, dans la DS des parents de Vincent, un jour à moitié bouché de brouillard, ce devait être pour les six ou sept ans de Clémence. Il n'y avait pas encore toutes ces façades de crépi blanc et bois noir poussées jusque très haut sur le flanc le plus ensoleillé de la vallée. La route était étroite, encaissée au ras de la rivière boueuse de neige fondue, le dernier tronçon jusqu'au chantier du téléphérique à peine carrossable. Carol se souvenait du cri de la tôle arrachant les cailloux et de Claude roulant au pas, lèvres serrées sous le piquant de la moustache, la main de Nancy posée sur son avant-bras comme pour le retenir de souffrir. Elle avait proposé de terminer à pied, son propre poids dans la voiture lui devenant à elle-même insupportable. Refermez votre portière, s'était agacé Claude. C'étaient les premiers mots qu'il prononçait depuis qu'elle avait mentionné être divorcée. On était en 70, il aurait fallu en rire, en jouir, comme Vincent qui se tenait en travers de la banquette, les épaules et la tête renversées par la fenêtre grande ouverte, poussant son pied sous elle pour agacer son désir, des cheveux plein le visage et les yeux pétillant d'inconvenance.

Sa main retombée sur le bord du siège, Nancy fumait en silence, par longues bouffées et mâchoires remuantes, comme chaque fois, découvrirait bientôt Carol, qu'elle attendait de pouvoir prendre Claude à part et retourner patiemment sa sévérité d'homme réservé jusqu'à l'absurde que l'époque mettait à mal. Savait-il que Vincent investissait même leur chambre à coucher quand ils lui laissaient Beausobre le week-end, même son bureau à lui, cet antre assombri de bois marqueté à l'ample et chaude odeur de tabac caramel ? C'est là que Vincent s'était offert à elle, un soir de réveillon sec et glacial, peu avant qu'il emménage à Lyon. Elle était arrivée de Zurich tard dans la soirée. Vincent l'attendait dans un taxi devant la gare, il était ivre et joyeux du succès de son véritable harcèlement auprès d'elle ; qu'il ne soit pas question qu'elle trompe son mari l'enchantait.

La maison tonnait sourdement jusque dans la rue. Vincent l'avait guidée par les épaules à travers la cour, puis entre les groupes éparpillés dans le couloir et jusqu'au bureau dont il avait refermé la porte et allumé toutes les lampes. Appuyée contre le mur, Carol le regardait faire, amusée de le reconsidérer dans le décor anachronique de ce père rotarien. Des ombres remuantes dans la nuit du jardin avait surgi soudain un bref incendie couvé par des visages hilares. Tout le monde peut te voir, avait constaté posément Carol en se retournant face à lui qui s'amusait, la suppliait, tanguant sur un pied pour retirer son pantalon, déjà complètement nu dans la lumière, le sexe lourd et noir à son ventre maigre, décomplexé comme ces hommes d'alors qu'exauçaient soudain des ribambelles de filles dans l'excitation démente des libertés arrachées à leur éducation.

Ils s'étaient rencontrés un an plus tôt chez des amis communs à Zurich. Carol était plus âgée, installée comme dentiste, mariée à un homme de dix ans son aîné, un confrère et ami de toujours. Vincent lui avait paru creux, vaniteux, affecté. Elle n'aurait même pas su dire quoi de sa vanité justement, de son invraisemblable confiance en son charme avait décidé qu'elle le revoie, puis qu'elle cède à cette invitation à Beausobre où il avait tant aimé qu'elle lui résiste et soit séduite. Vincent n'avait plus cessé de lui écrire, des lettres extravagantes, inventives et souvent méchantes aussi, par lesquelles il caricaturait son confort et ce qu'il appelait sa soumission aux commodités du mariage. Il la rêvait célibataire et sa complice. Il se pourrait même que je vous aime, terminait-il invariablement. Carol prenait plaisir à ses excès. Vincent allait sur ses trente-deux ans, il réussissait à Lyon, se voyait confier des objets exceptionnels, et se déclarait de plus en plus, avec une impatience et une inquiétude qu'on ne lui connaissait pas. C'est du moins ce que lui avait confié François, lors de son premier dimanche à Beausobre, et qu'avait trahi l'accueil poliment suspicieux de Nancy, lors d'un dîner où Vincent l'avait présentée officiellement comme la femme de sa vie.

Cette plutôt jolie mère, élégante, intrigante, était devenue une très vieille dame, égarée au bras de Vincent par la violence de ce suicide programmé dont Carol l'entendrait dire à table qu'il avait été décidé sans aucune considération pour François. Elle portait un ensemble en gros tissage noir et blanc, la même permanente coupée court sur la nuque, les mêmes ongles manucurés à ses doigts torturés d'arthrite. Je suis une ancienne amie de votre fils, lui précisa Carol, voyant que Nancy ne la reconnaissait pas. Vincent observait la scène, sourcils levés, lui laissant l'initiative de ces retrouvailles qui semblaient le réjouir.

Alors, tu m'expliques ? demanda-t-il après avoir amené sa mère à François et salué brièvement quelques personnes. Carol le laissa à sa curiosité un instant. Elle l'avait vu vieillir à travers les photos parues ici ou là dans la presse, aux côtés de prestigieux collectionneurs, des photos très posées où se devinait toujours la même anxiété de séduire : ces sourires caressants, ces regards brillants, insinuants, auxquels elle retrouvait tout à coup une certaine vérité.

J'ai su que tu étais de passage à Zurich récemment, on a failli se croiser. Vincent pencha la tête sur le côté. Tu ne veux pas plutôt me dire pourquoi diable tu es ici ? Il voulait savoir, vraiment, insistant sans aucune méfiance, et c'est cette innocence qui réveilla chez elle l'envie jamais vraiment assouvie de le remettre à sa place.

Je revoyais Judith, figure-toi. C'est elle qui m'a rappelée, il y a plusieurs années, quand elle a su pour Clémence, pour Clémence et toi je veux dire, elle en a été tellement malheureuse. Vincent se recula d'un pas, son sourire s'affûtait. Est-ce que Judith a su au moins que c'est sa fille qui est venue me chercher, jusqu'à Lyon ? Carol le dévisagea. Et rien ne t'a retenu de lui céder ? À ta nièce ? Vincent écarta les mains, dans un geste d'évidence désolée : Je ne sais pas dire non, je n'ai pas su comment décevoir cet amour si jeune, si généreux, si désirant, et de toute façon où est le mal ? Elle était majeure je te signale. Le ton était acide, le regard rétréci. Carol redécouvrait sa détestation des reproches par lesquels les femmes, toutes disait-il, finissaient par gâcher le bonheur. Toutes sauf peut-être Anne-Lise, puisque leur couple avait tenu.

Le leur s'était empoisonné au bout de même pas deux ans, à l'occasion d'un week-end de rallye organisé à Verbier par un gros collectionneur ami de Vincent. Carol faisait équipe avec un galeriste, un Écossais très blond, très grand, très drôle, qui s'était foulé la cheville au moment de s'élancer vers la voiture et avec qui elle avait passé un après-midi délicieux à la terrasse de l'hôtel, à la tiédeur assoiffante de la paille des champs alentour.

La Lancia de Vincent était arrivée troisième, en trombe, s'arrêtant net au milieu du parking. C'est sa co-équipière qui conduisait, une fille garçonne en pantalon frangé, la bouche blafarde sous des verres de lunettes orange. Carol la vit s'extirper de son siège avec colère, une colère dirigée semblait-il contre elle, que la fille dévisagea tout le temps qu'elle mit à traverser la terrasse. Vincent avait garé la voiture et renfilait sa veste. Levée de sa chaise, Carol le fixait, attendant une réaction à cette éruption de violence. Il l'avait parfaitement vue mais prit le temps de vérifier le contenu de ses poches avant de lui adresser un haussement d'épaules goguenard qui lui fit l'effet d'un crachat.

Vincent fut long à regagner leur chambre. Carol l'attendait en fumant sur le balcon. C'était la première fois qu'il la voyait au bord de faire une scène et son premier mouvement fut de rire. Carol jeta son mégot à ses pieds et retourna dans la chambre en claquant la porte-fenêtre derrière elle. Et voilà qu'elle gâche tout, l'entendit-elle s'exclamer avec une sorte d'aigre satisfaction. Jamais encore elle n'avait vu en lui la possibilité d'un homme odieux, tout un envers en fait, qui se devinait pourtant en transparence, sous le charme des traits d'esprit et de l'irrévérence en public.

Si tu nies qu'il y a quelque chose avec cette fille, je pars pour toujours. Vincent mit un temps à quitter son sourire déplaisant pour une expression de franchise très calculée. Nous couchons ensemble et elle m'en veut que je t'aie amenée. Ses yeux fouillaient les siens avec une insolente gourmandise. Carol ne se laissa ni décontenancer ni atteindre. Et pourquoi m'as-tu amenée dans ce cas ? Vincent sourit du ton dégagé. Parce que je souhaite t'épouser. Il s'était emparé de sa main qu'il déposa dans la sienne. Il était joueur et sérieux, la voulait probablement bel et bien, mais lui en voulait tout autant d'avoir abîmé leur bon plaisir, comme il se justifierait plus tard. Beaucoup de la rage qui l'avait comme possédée au moment de la rupture venait d'avoir cru ce jour-là (et adoré) avoir pris l'ascendant.

Avec le même culot, Vincent lui en voulait à nouveau. Il s'était tu. Un peu plus haut dans l'ombre d'un pylône venaient d'apparaître ce que Carol devina être Anne-Lise et Clémence, plus âgées que sur les photos prises au lac, mais pas tellement différentes. Elles étaient en train de dégringoler la pente l'une derrière l'autre. Les voilà, commenta simplement Vincent d'une voix attendrie.

Morgins (mai 2005)

Les tables étaient dressées au soleil dans le gravillon du terre-plein. Il y avait un peu de monde finalement, ce qu'il reste de proches après plus de vingt ans d'un interminable déclin, dont l'effroi s'émousse inexorablement. Carol était émue de ces fidélités, émue aussi de revoir François, avec le recul de ce qu'elle savait qu'il avait si loyalement enduré.

Quand elle avait tenté de décrire la douleur où la plongeait la si perturbante liaison de sa fille avec Vincent, Judith avait raconté n'avoir jamais épuisé, dans sa vie sexuelle avec François, la magie de la transgression qu'est ce don qu'on fait à l'autre de son impudeur. Clémence était encore une ado quand elle s'était jetée au cou de Vincent. Qu'elle ait pu découvrir cette transgression dans ce contexte malsain, et sans la maturité ni la magie ni la confiance, la rendait malade. En revanche Carol ne s'expliquait pas sa rancune. Elle savait Vincent bien trop épris de lui-même et de ses succès pour avoir deviné le malentendu sur lequel reposait le désir dont Clémence devait brûler bel et bien. Avec quel heureux libertinage (et bonheur de l'interdit) il avait dû répondre à une demande éperdue d'amour, de reconnaissance. Nous les avons trompés sur nous-mêmes et plus encore sur leurs séductions, s'était-elle dit d'elles, ces pionnières en fac de médecine, des femmes intelligentes, volontaires, qui avaient tant feint – le cynisme, de jouir, de ne pas espérer compter – pour ne surtout pas être en reste de liberté et d'irrévérence.

Carol avait très peu connu François, un peu plus à l'occasion de ce dimanche d'anniversaire noyé de brouillard. C'était au printemps, elle était venue habillée juste d'un chemisier et d'un pantalon de toile. L'humidité glacée l'avait saisie au sortir de la voiture, une fine ouate grise qui engloutissait les reliefs à leur approche. François refusait de renoncer au pique-nique promis à Clémence, et Carol n'avait pas osé, ou pas eu envie de repartir avec la DS. Il lui avait prêté son ciré jaune et s'était mis en marche, le corps en lutte contre le froid crachin, et plus encore contre sa contrariété qui devait lui paraître à lui-même exagérée.

Vincent les devançait d'un pas alerte, la petite accrochée à sa main, entièrement à l'écoute de son bavardage d'enfant timide qu'il encourageait par des questions du plus grand sérieux. La vivacité complice de leurs deux minces silhouettes chiffonnées de K-way bleus avait fait le bonheur de cette expédition. Carol se souvenait de la pure joie de Vincent, sa joie pour Clémence, à l'instant où leur îlot de roche et d'herbe rase avait soudain émergé dans le ciel au milieu d'un océan de blancheur. Avoir des enfants était la seule chose qu'il envisageait avec gravité, et elle-même sérieusement pour la première fois ce jour-là.

François avait à peine blanchi. Il l'avait tout de suite reconnue et embrassée, maladroit à la remercier pour ce qu'il n'avait pas su du soutien qu'elle avait apporté à Judith. Carol le voyait constamment occupé, le regard fuyant sous la broussaille des sourcils, empêché de pleurer ou de les planter là par tout ce que sa condition, son tempérament, lui imposaient de tenue.

Judith n'était pas sans savoir que son suicide leur vaudrait beaucoup d'incompréhension. L'abandonner avec ça ne l'avait pas dissuadée, pas plus que l'effroi de l'ultime moment. Carol avait tenté en vain d'imaginer ce que c'est que d'en être arrivé à ce point-là d'épuisement. Elle savait aussi par Judith ce que François avait dû assumer du très concret de sa décision à elle d'en finir. C'était toute une série de démarches païennes, absolument contre-nature. Carol attendait de pouvoir lui en parler, ne voyant personne d'autre ici pour avoir la liberté de le faire. L'occasion se présenta avec les mouvements amorcés par les premiers départs et l'attente interminable des desserts.

François vint la rejoindre près de la fontaine : un tronc creusé, aujourd'hui à sec, où ils s'étaient trempés les pieds au retour de la cabane. Que Carol s'en souvienne l'amusa. Mais je n'ai rien reconnu en arrivant, tout est tellement construit. François approuva d'une moue aujourd'hui résignée d'avoir vu leur petit paradis se faire débusquer. Tu sais qu'on a fini par vendre, Clémence ne s'y intéressait pas de toute façon, elle le regrette un peu aujourd'hui par rapport à la petite. Puis il se tut quelques instants, avant de tourner vers elle un visage de marbre.

Est-ce que Judith a su ? Carol le regarda sans comprendre, et ce fut comme si un poids se décrochait à l'intérieur de lui car ses yeux se remplirent de larmes. Les petits jouaient plus haut dans la pente ; le spectacle de cet adulte pleurant les laissa rouges de gêne et de rire. François baissa les yeux vers ses mains sur le rebord de la fontaine. Il y a eu une autre femme, dit-il d'une voix ressaisie. Tu ne l'as pas connue, nous l'avions embauchée pour maman à Beausobre, après son attaque. Le jour où elle nous a balancé ce que tu sais au sujet de Clémence, Anne-Lise cherchait en fait à obtenir son numéro. Ça a fait remonter le souvenir de cette femme, un souvenir très ému. Alors j'ai cherché et je l'ai retrouvée. Ça a été un séisme.

Puis il resta silcencieux quelques instants, avant de tourner vers elle un visage de marbre. Carol devinait sa passion intacte, aussi vraie que ses scrupules. Il avait desserré sa cravate, mais pas défait ses boutons de manchettes. Un bel amant en habit de notaire, songea-t-elle. Sa confiance l'emplissait de gratitude, presque de bonheur, qu'elle n'osa pas manifester, il en aurait certainement été choqué.

Nous avons complètement cessé de nous appeler quand j'ai cru que Judith avait compris. Carol ne put s'empêcher de lui prendre la main, qu'il lui retira presque aussitôt, tant ce geste d'effusion devait lui être étranger. Judith n'a rien su, lui jura-t-elle, sinon elle m'en aurait parlé.

Des rires commençaient à s'élever autour des voitures sur le départ. Clémence cherchait son père des yeux. Il faut que j'y retourne, s'excusa-t-il, ajoutant soudain, dans une sorte de confusion, que tout ça n'avait jamais affecté la sincérité de son souci de Judith. Carol le regarda s'éloigner, raide et douloureux. Comme cela avait dû être difficile d'être la fille de ces deux-là, songea-t-elle. C'est ce qu'il aurait fallu dire à Clémence, mais elle ne lui avait pas rendu un seul de ses regards et Carol n'avait pas mis plus d'empressement à lui parler, comme elle se l'était promis, des excuses et des regrets que Judith n'avait jamais vraiment su formuler.

Les toilettes étaient en contrebas du restaurant, un cabanon de bois avec un lavabo en fer à l'extérieur. Karine s'y était retirée avec la maman des petits garçons, se tenant bras croisés, comme recueillie à son écoute. Carol hésita à faire demi-tour, mais la jeune femme l'avait entendue approcher et remettait déjà son sac à son épaule. Son visage était empourpré de grands cernes, elle y pressa ses paumes, libéra la masse fluide de ses cheveux d'un mouvement de tête décidé. On t'attend à la voiture, lança-t-elle en filant vers le terre-plein. Karine la regarda s'éloigner. La tendresse faisait renaître les fossettes à ses joues amaigries. Elles veulent le beurre et l'argent du beurre, commenta-t-elle à sa manière brusque, un peu bonne femme, pas sotte du tout en fait, et même infiniment sympathique.

Carol l'avait tout de suite reconnue en arrivant tout à l'heure, à sa tignasse pourtant fausse, d'un orange invraisemblable. Karine aussi l'avait reconnue, et semblé accuser tout à la fois la stupeur de la voir et le souvenir de la dette jamais remboursée, une assez grosse somme empruntée pour payer l'école privée du dernier devenu intenable. Je ne pensais pas te revoir, dit-elle, avec une franchise assez culottée. Nous sommes toujours dans la mouise. Jean-Philippe et le travail, ça fait deux, ça au moins ça ne change pas. Nos enfants sont plus raisonnables, ils sont même très chiants, se marra-t-elle. Carol la retrouvait exactement comme à l'époque, ronchonneuse et drôle. Les soucis d'argent semblaient plus envahissants, ou du moins plus présents que le cancer que Karine balaya d'un revers de main, jurant qu'elle était encore là pour un moment.

Qu'est-ce que tu fous, tu viens ? Il avait surgi comme un diable, la figure carrée et rose au-dessus du col ouvert. Carol l'avait vu faire le malin auprès de Clémence tout à l'heure. C'était donc le fameux petit dernier, bien sûr, songea-t-elle, revoyant la femme robuste qu'était Karine à l'époque, robuste aussi dans son amitié et sa fidélité. Mais de qui tirait-il cet aplomb autoritaire et biaisé ?

Léo lui tenait chaud, affalé contre elle, un pied sous la cuisse de son frère ensommeillé, le nez sur son jeu. Karine l'enserrait de son bras qu'il repoussa soudain, lui attrapant le visage des deux mains pour qu'elle regarde, là, la paroi d'ardoise frôlée, taillée à l'aplomb de la route, les éclats dévalés pesant dans les étages de filets, et à nouveau la raide forêt de sapins avec tout un mikado de troncs à terre, émondés, numérotés, en attente d'être évacués, traînés déjà sur un long sillon de terre noire pour certains d'entre eux. Léo chercha à les compter, son doigt se balançant mollement contre la vitre. À l'aller déjà il s'était offusqué qu'ils soient laissés là pêle-mêle. On pourrait les voler, s'enthousiasma-t-il dans un sursaut de son buste gringalet. Karine passa ses doigts dans la soie tiède de ses cheveux. Le souffle lui manquait pour répondre, pour se passionner. La disparition de Judith était en train de lui entrer dans le corps, suffocante comme ses remords d'être restée éloignée d'eux trop longtemps, au mauvais prétexte du procès qu'ils avaient fait à Clémence, cinq ans au moins si ce n'était plus, les derniers où Judith avait été encore à peu près bien.

C'est tout autant contre elle-même que Karine avait été fâchée, de n'avoir jamais osé s'en mêler quand ils laissaient Clémence passer tous ses étés au lac, sans eux, aux premiers moments de l'adolescence, le plus hardi et troublé des âges, des étés où on la devinait dans l'espoir d'une apparition de Vincent, le regard fébrile, son corps tendu, parfaitement vierge sous les dos-nus citron, les courtes jupes en daim, les justaucorps et collants de gym. Lui venait déposer Anne-Lise et restait rarement plus de deux jours, tout à fait inconscient des émotions qu'il suscitait chez la petite. Il était attiré ailleurs, par bien plus adulte et brûlant à en croire les appels que Karine l'entendait passer depuis la chambre de Nancy, juste à côté de la sienne. Il ne s'en cachait même pas, du moins pas devant elle, en aurait presque rajouté, l'imaginant sans doute choquable mais inoffensive.

Plus tard, il n'avait pas été sorcier de comprendre que les rares séjours de Clémence, désormais étudiante, coïncidaient avec ceux de Vincent, qu'elle était sans cesse dans l'attente et l'appréhension de la moindre occasion d'attouchement ou de moments seule avec lui. Un copain d'enfance de Jean-Philippe les avait vus en ville, prenant congé d'une œillade sur un perron d'hôtel. Même Louis, à sept ou huit ans, avait su cela (mais par qui ?), que Clémence faisait l'amour avec Vincent. Il le leur avait sorti à table, écarlate, n'osant pas le mot mais le geste, celui d'enfoncer son index entre ses doigts, comme ils devaient le faire à l'école en riant entre garçonnets que le corps démange. Passant leurs vacances à la montagne, Judith et François étaient restés en dehors de tout ça, préservés des soupçons. Il avait fallu qu'Anne-Lise leur ouvre les yeux, dans un coup de rogne sans doute dont Karine s'était alors sentie solidaire.

Judith n'était plus qu'un semblant d'elle-même quand ils s'étaient finalement revus, trois ans plus tôt, à un dîner de Noël offert par Nancy au restaurant du casino. Tout en elle était effort, pour tenir ses couverts, mâcher, se faire comprendre, se relever de table. Karine en aurait pleuré de tendresse et de regrets. Ni l'une ni l'autre n'avaient cherché à remuer le silence de ces années d'amitié perdues. Alors que Jean-Philippe et François si, un peu. Karine les avait vus sortir bavarder sous la neige qui était en train d'enfouir doucement les buissons noirs du parc. François écoutait et acceptait les reproches, il disait s'être fait les mêmes, inlassablement. Jean-Philippe l'avait senti à bout de courage, un peu dépossédé de sa fille, qu'ils avaient jugée trop sévèrement et qui en avait pris prétexte pour s'éloigner d'eux, et de Judith dont la foi s'en était allée. La liaison de Clémence et Vincent avait brisé chez elle la confiance démesurée et heureuse qu'ils avaient eue en leur famille. Pas seulement cette liaison, avait encore ajouté François alors qu'ils revenaient sur leurs pas.

Leur dernière visite remontait à quelques jours. Judith ne quittait plus la chambre, amenuisée et douce, aphasique, ailleurs déjà, dans la paix fascinante de la décision prise. Ses yeux agrandis les dévisageaient intensément, surtout elle, Karine, comme si Judith cherchait à lui ouvrir un chemin de réconfort, ou à s'excuser de lâcher prise, ou de lui rendre la mort plus présente encore qu'elle ne l'était déjà à son corps sous chimio. Ou tout autre chose peut-être, il n'y avait à tel point plus aucun partage possible.

Clémence n'allait plus repasser et ne souhaitait pas assister aux derniers instants. C'est ce que leur avait dit François en les raccompagnant à leur voiture, saisi soudain par le compte à rebours engagé qui rendait définitif son échec à recréer la confiance qui avait fait leur bonheur de parents pendant toutes ces années où ils avaient été sans soupçons ni déception. L'état de Judith se détériorait plus rapidement depuis quelques mois. François se réveillait plusieurs fois par nuit pour retourner son corps menacé d'escarres. La fatigue lui esquintait la voix ; il n'était plus qu'épines et remords. Jean-Philippe avait pourtant eu l'intuition magnifique de l'obliger à une longue étreinte, faisant renaître, mais inversée, une affection protectrice tellement incongrue chez des hommes comme eux, de leur âge, et surtout de cette génération.

De retour à Delémont, Karine avait tenté d'appeler Clémence, histoire surtout de tromper son impuissance pendant les deux jours à attendre l'appel de François leur annonçant que c'était fait. Mais Clémence n'avait pas donné suite à son message, elle n'avait pas non plus cherché à discuter tout à l'heure.

Sa ressemblance avec Judith était cruelle. Clémence avait ses traits – des traits que la quarantaine durcissait –, mais habités d'une âme et d'une féminité si différentes. Karine n'en était pas revenue de la voir s'intéresser à la conversation de ce bon père et mari satisfait qu'était devenu Louis. Il s'en était émoustillé d'ailleurs – Julia s'exaspérait qu'il n'ait plus fait du tout attention, ni à elle ni aux enfants –, il avait un peu forcé sur l'alcool, roulait beaucoup trop vite.

La nuque droite contre l'appuie-tête, Julia restait silencieuse, butée même dans son silence. Alors soudain Louis alluma la radio, montant le son jusqu'à faire exploser un tonnerre de voix qu'elle coupa net en le sommant de la laisser conduire. Sa réaction fut infantile. Il fit une embardée qui les arrêta net dans les ornières d'un départ de chemin forestier. Catapultés dans leurs ceintures, les deux petits regardèrent leur père jaillir de la voiture, puis ils s'étirèrent sans plus d'inquiétude ni d'émotion.

Ces tensions, un jour comme celui-là, mettaient Karine au supplice. Elle se garda de dire quoi que ce soit, ne se sachant plus aucune ressource pour batailler. Julia s'était glissée à la place de Louis. Elle rajusta le siège, régla le rétroviseur où apparurent brièvement ses pommettes en feu. À quelques mètres devant eux, Louis leur tournait le dos, campé face à la forêt. Il devait attendre que Julia prenne le volant car il revint sur ses pas dès qu'elle ouvrit toute grande la portière côté passager. Mains dans les poches, son regard les survolant, il s'engouffra sur le siège qu'il recula sans ménagement. Julia s'était penchée vers l'arrière pour demander aux enfants s'ils voulaient boire quelque chose. Ils déclinèrent d'un hochement de tête ennuyé. L'humeur de leur père ne les atteignait pas. Ils avaient déjà son aplomb. C'est ce qu'on disait d'eux dans la famille de Julia. Ce qu'on disait avec satisfaction.

On n'entendait même plus couiner les Game Boy. Le buste redressé, les petits surveillaient la route, réagissant imperceptiblement à chaque fois que Julia rétrogradait à contretemps. Elle conduisait rarement ; Karine la devinait doublement contrariée d'y être obligée par les excès de Louis. Lui aussi lui en voulait. Il était très rouge, bouillonnant de frustration. Karine sentait les tressaillements de sa cuisse se propager à travers le dossier reculé contre elle. Elle le voyait comme un bloc dur, le bras calé contre l'accoudoir, crispant ses doigts replets jusqu'à faire pulser le sang sous la peau crémeuse.

Les intransigeances de Julia agaçaient quelque chose de très profond en lui, de très affectif en fait, comme l'avaient tant frustré ses sœurs dans l'enfance, faisant de lui un gamin incontrôlable, cherchant sans cesse à attirer l'attention, ne mesurant pas sa brusquerie ni la portée de ses pitreries : des chapardages, des irruptions dans la salle de bains, des pinçons…

Nancy les avait convaincus de le mettre un temps en pension pour faire cesser les hurlements et les bagarres. Son impulsivité y avait trouvé un cadre, et aussi à se dépenser. Il s'était fait d'autres copains, grandis dans des villas, des ados étrangement sans doutes ni apitoiement, auprès desquels il devenait un jeune homme autoritaire. C'est par eux qu'il avait rencontré Julia, ils avaient à peine vingt ans l'un et l'autre.

Ils passaient leurs week-ends alternativement dans sa famille à elle et chez eux. Julia se montrait chaleureuse, d'une presque gênante indulgence pour leur foutoir, leur désorganisation, leur chronique manque d'argent. Louis l'enveloppait de son sérieux, aussi massif qu'elle était fine, discrète, tellement fille.

Lorsqu'elles venaient déjeuner le dimanche, les jumelles, pourtant tout aussi conventionnelles et rangées, se moquaient de ses airs protecteurs. La susceptibilité de Louis n'était plus autant à vif ; il parvenait même à leur opposer un flegme crédible. C'est parce qu'il a peur, avaient-elles plaisanté un soir où elles étaient restées après qu'il soit parti. Il a peur de ce qu'on sait. Et ce qu'elles disaient savoir, le tenant d'une de ses ex – il en avait eu plusieurs – c'est qu'il était très cochon. Jean-Philippe avait dû leur faire répéter. Ce secret entre eux les enchantait.

Cela avait tout de suite été une évidence pour eux de bâtir, une famille, une maison. Karine avait su après coup, et en avait été blessée, que des visites assidues à Nancy leur avaient assuré un apport très généreux. Elle gardait du mariage cette même impression d'être mise face à leur déclassement. La belle-famille avait tenu à assumer l'organisation et le coût d'un dîner pour deux cents personnes, interminable. Karine se sentait déguisée, au spectacle perplexe de son fils dans sa vie en dehors d'eux. Saoul dès le dessert, Jean-Philippe lui avait fait danser en slow tous les rocks de la soirée, la plongeant dans un état d'excitation comme ils en retrouvaient parfois, avec une heureuse régularité, en dépit des soucis et des engueulades. Vous nous faites honte, avaient simplement commenté les jumelles avant de ramener Nancy et de reprendre la route avec leurs fiancés respectifs. Karine ne se rappelait plus très bien qui les avait reconduits à leur hôtel, seulement qu'à un moment de la nuit Jean-Philippe avait fait hurler la télévision avant de sortir entièrement nu sur le balcon.

Après la naissance des petits, Julia avait arrêté de travailler plusieurs années. Elle appréhendait la maternité comme un don. Louis y avait peu de place et de reconnaissance. Il le vivait mal, se vexait de son peu d'élan vers lui, ironisait, ne se gênait pas pour faire comprendre à Karine qu'il se consolait pendant ses déplacements professionnels. De son côté, Julia se contrariait de plus en plus fréquemment, pour des incidents dont Karine ne comprenait pas qu'ils fassent des drames. Elle s'en serait presque amusée, s'il n'y avait pas eu les enfants et de gros crédits entre eux, au regard de leurs si grandes certitudes à tous les deux au début de leur mariage.

Ils avaient rejoint la plaine, puis l'autoroute à Martigny, et retrouvé le soleil, à perte de vue sur les étagements de vignes piquées de feuilles à peine dépliées, d'un vert aquatique. Julia ralluma la radio ; elle conduisait plus détendue, adressa enfin la parole à Louis pour lui demander s'il ne faudrait pas faire le plein. Il eut un mouvement de tout le haut du corps signifiant que ce n'était pas son problème. Et comme elle se braquait à nouveau, il s'excusa, dégrisé désormais et comme encombré par sa rancune. Rien dans l'attitude de Julia n'indiquait qu'elle avait entendu ou voulu entendre. Elle venait de bifurquer en direction d'un nouveau restoroute, un complexe de béton et de vitres amarré à une grande retenue d'eau claire. Elle avait besoin de se dégourdir les jambes, d'aller aux toilettes. Mais on ne reste pas longtemps, prévint-elle d'une voix forte en attrapant le regard des petits dans le rétroviseur, les petits qui déjà s'excitaient.

C'est l'aîné, Raphaël, qui le premier vit Anne-Lise en train de téléphoner, adossée à la face aveugle du restaurant. Il s'en esclaffa exagérément, ses deux mains pressées sur sa bouche, comme poursuivant un fou rire un peu faux, qui était en train de reprendre son frère également, sans que Karine parvienne à comprendre ce qui les troublait tant chez leur tante, si c'était de la trouver différente, ou très jolie, ou d'avoir surpris quelque chose tout à l'heure. Les apercevant qui sortaient de la voiture, Anne-Lise se décolla du mur en leur faisant signe d'un mouvement heureux de son bras nu. Comme entraînée par le poids du téléphone, sa tête semblait verser très tendrement vers son correspondant.

Les petits filèrent à travers le parking en direction de l'entrée du complexe. Leur mère aussi, que Louis rattrapa et retint par la nuque, d'un geste ferme auquel Karine s'étonna qu'elle obéisse. Se retrouver seule la dénouait. Elle avait mal au cœur, mal partout, mal à l'âme. Jean-Philippe lui avait laissé deux messages auxquels elle répondit que ça s'était plutôt bien passé, ajoutant : Carol était là, je te raconterai. Anne-Lise venait de raccrocher et s'avançait vers elle, une expression tendre à son visage de toujours, celui de sa trentaine dont l'éclat se serait éteint, mais sans que rien, ni de ses façons, ni de son allure, ni de ses tenues, ait vraiment vieilli.

Je n'ai pas osé venir te parler tout à l'heure, s'excusa-t-elle tout en avançant la main pour dérouler délicatement une des boucles de la perruque. Ça n'a pas été trop dur pour toi de venir ? Il n'y avait qu'Anne-Lise pour faire ce genre de chose, avec un tel naturel, si tendre et impitoyablement lucide. Oui, ça a été dur, surtout de la voir soulagée à l'idée de mourir. L'émotion faisait chevroter ses mots. C'était si bon, ce jour-là justement, de retrouver la déconcertante affection de cette femme ravissante et gâtée dont Karine n'avait jamais osé se dire l'amie, malgré leur solidarité face à Nancy pendant les vacances passées au lac. Anne-Lise la regarda s'essuyer les yeux puis la prit par le cou. Ses cheveux sentaient le tilleul, elle était douce, elle était peut-être amoureuse.

Le bassin artificiel mouillait une petite plage de gravillons plantée de hautes herbes coupantes, des plantes d'étangs qui jaillissaient en plumets tout le long des baies vitrées. Ça ne te rappelle rien ? sourit Anne-Lise. Le ton était complice ; Karine se demanda quelle mémoire elle gardait de ces lointains étés où Vincent venait d'une certaine manière se défaire d'elle.

Derrière les reflets du ciel dans les vitres, Karine vit que Louis avait rejoint la table où étaient installés Nancy et Vincent. Il se tenait debout, un fils sous chaque bras. Anne-Lise l'avait vu elle aussi. Elle se tourna vers Karine en fermant un œil dans la lumière. C'est Louis alors ce grand gaillard. Le constat était amical. Il est toujours aussi fasciné par Clémence on dirait. Karine s'étonna qu'elle ait remarqué ça elle aussi. Ma belle-fille s'est sentie *niée*. Ah bon ! réagit Anne-Lise, avec une gaieté adolescente. Puis elle resta silencieuse, un sourire à son visage offert aux derniers rayons, les paupières closes. Tu as su n'est-ce pas que Vincent couchait avec elle ? Remarque, même Sofia avait eu l'intuition de quelque chose, ajouta-t-elle dans un éclat de rire tranchant.

Karine se souvenait parfaitement de ce bref instant comme en apnée au chalet du lac. Elle y était en vacances avec Nancy et les enfants depuis le début du mois d'août, Clémence depuis la veille. Eux revenaient d'un séjour en Italie. Ils étaient attendus dans l'après-midi mais arrivèrent tard, peu avant dîner.

Vincent les avait rejoints sur la terrasse avec la petite surexcitée qu'il déchargea de son dos comme un sac avant de s'éclipser pour aller chercher leurs affaires à la voiture. Karine était allée mettre la table quand elle le vit descendre du premier un peu plus tard, sur les pas de Sofia qui l'y avait suivi et courait pieds nus se jeter au cou de sa mère. Elle fit des simagrées, puis demanda à son oreille, avec une telle gêne, une telle jubilation, qui était la dame avec papa. Vincent l'avait entendue et la souleva de terre. C'est ta grande cousine, petite mule. Il la tenait prisonnière de ses bras, joua à la dévorer, mais Sofia, toute maigrelette dans son maillot de bain rose, cherchait à se libérer. Elle y mettait une fureur très sérieuse qui pourtant le faisait rire. Il finit par la reposer à terre, rajusta sa chemise débraillée par ses gesticulations et la regarda rejoindre Anne-Lise qui s'était levée, dans l'intention ostentatoire d'aller voir ce qui se passait là-haut. Clémence venait d'apparaître sur le seuil de la terrasse. Elle demanda si quelqu'un voulait quelque chose au village. Ses cheveux remontés en une queue très serrée étiraient ses traits, donnant une sorte de violence à son visage, une expression de feu.

Tu as su ce que Sofia avait surpris ? Anne-Lise fit une moue. Apparemment rien. C'est ce que Vincent m'a toujours juré, et il jure bien, précisa-t-elle avec une étrange tendresse dans la voix. Karine la regarda, fascinée, et, s'en apercevant, Anne-Lise se moqua d'elle-même. J'ai failli pourtant me barrer. Pour de bon. J'avais rencontré quelqu'un. Un type un peu gros, un peu connu aussi, je ne te dirai pas qui. J'aurais fait n'importe quoi pour me rendre disponible. Ça m'a passé comme ça m'était venu.

Le soleil avait basculé derrière la hauteur de forêt et de roche qui leur bouchait l'horizon. Le fond pierreux du bassin leur apparut d'un coup à travers l'eau transparente. Anne-Lise y trempa la pointe de son pied. Vincent est un homme bon, dit-elle soudain comme elle se serait excusée. Bon et boulimique. Même pas de sexe d'ailleurs, simplement de conquêtes. Carol l'avait dit à Karine elle aussi, que Vincent n'avait jamais vraiment aimé que séduire. J'ai quitté un mari délicieux pour un amant pas très fameux, s'était-elle amusée à la choquer, un soir de Noël, dans la véranda de Beausobre, alors que Vincent discourait dans la fumée du bureau juste à côté.

Il commençait à faire frais. La surface du bassin se fripait comme une peau. Karine plongea ses mains dans cette transparence glacée et s'en aspergea la nuque que la perruque cisaillait. Anne-Lise l'observait, avec cet intérêt très présent qu'elle portait aux choses graves.

Si ça m'arrivait, je ne pense pas que j'en mettrais une, dit-elle soudain, comme pour elle-même, étourdiment, ou du moins sans penser, sans savoir par quel abandon de soi et de tout il faudrait d'abord en passer, et par quel mépris du malaise des siens, de leur douleur, tout comme elle n'avait rien su, forcément, songea encore Karine, des concessions que Judith avait faites à ses misères pour ménager Clémence et François.

Pourquoi es-tu venue ? La question avait sonné plus brutale que Karine ne l'aurait souhaité. Anne-Lise eut un drôle de petit rire. Pourquoi je suis venue, moi qui ai foutu la merde entre eux ? Et aussitôt elle ajouta : Tu sais, n'est-ce pas, que c'est moi qui ai cafté pour Clémence ? Le terme était cruel, songea Karine au souvenir de la déflagration dont ils avaient été témoins, Jean-Philippe et elle, quand ils étaient passés les voir, après une visite à Nancy ; ce devait être une semaine après le coup de fil dévastateur d'Anne-Lise. Judith était couchée déjà. François s'interrompait au moindre craquement du parquet au-dessus d'eux, comme si c'était la trahir que de confier leur chagrin, un chagrin qui les avait ensevelis.

Clémence ne les avait toujours pas rappelés, Judith disait ne plus souhaiter la voir et François ne lui pardonnait pas l'effronterie avec laquelle elle assumait sa liaison. Vous étiez au courant vous aussi ? leur avait-il lancé. Le ton était cassant, et le reproche sous-entendu d'une telle lâcheté. Ni elle ni Jean-Philippe n'avaient protesté pourtant, ils n'avaient pas beaucoup défendu Clémence non plus, l'indignation de François était si glaçante, les images suscitées si dérangeantes entre eux. Régnait dans la maison cette odeur fade des lieux où le corps macère ; leur monde s'y était confiné, Judith ne voulant plus aller nulle part tant elle redoutait de mettre mal à l'aise avec ses étouffements devenus fréquents. Karine se souvenait être repartie pleine de tristesse et de remords, la colère n'était venue qu'après.

Les petits tapaient contre la vitre. Anne-Lise leur envoya un baiser qui les fit se tordre et commença à s'acheminer lentement en direction du parking. À vrai dire, je ne sais même pas pourquoi je suis venue, nous n'avons jamais eu d'affinité Judith et moi. Je crois que j'étais surtout curieuse de revoir tout le monde. Anne-Lise s'interrompit en voyant Vincent arriver à l'angle du bâtiment. Il se dirigeait vers le bassin avec les deux petits, tout au plaisir que lui procurait leur enthousiasme à le suivre.

Tu as vu comme François l'a pris dans ses bras tout à l'heure ? commenta Anne-Lise quand ils les eurent dépassés. Karine n'avait pas vu, mais ça ne la surprenait pas plus que cela, l'aura de Vincent restait inviolable dans la famille, eux-mêmes n'avaient jamais eu assez d'indignation pour se confronter à la gentille et insultante adresse avec laquelle il aurait certainement retourné leur bonne conscience et leurs reproches. Il a su que tu avais mis Judith au courant ? Bien sûr que non, s'effara Anne-Lise, il ne me l'aurait jamais pardonné. Puis, après un instant, elle ajouta : À l'époque, je ne sais pas, mais aujourd'hui je crois que je pourrais le faire tomber pour cette histoire. Tu te rends compte !

Neuchâtel, les adieux au chalet du lac

Octobre 2016

La haie d'ifs s'était encore épaissie, elle ballait comme un ventre sur le bord de route fraîchement ressemé et tondu que traversait le ruban asphalté de la piste cyclable. En se garant, Clémence vit que le passage en revanche avait été élagué ; il débouchait sur un monde en suspens, en complet contraste avec le voisinage récent d'une dizaine de pavillons.

Le chalet vieillissait mal ; le bois délavé de la façade côté haie commençait à se ronger de noir, et le plancher de la terrasse pourrissait même carrément. C'est ce que disait avoir découvert Sofia en s'attaquant au magma de saloperies – dont un cadavre de chien – agglutinées au fil des ans sous le ponton. Pendant des années, Louis s'était approprié les lieux sans s'en sentir responsable. Il venait les week-ends avec deux couples d'amis, pour que s'y désennuient leurs ados, récemment avec un scooter nautique dont les embardées envolaient la faune du lac. Clémence apprenait ces choses par son père quand il séjournait sur place en octobre avec Lenka, le temps surtout de rabattre la broussaille poussée pendant l'été et d'assumer le plus urgent des réparations. Sofia avait menacé Louis de saborder le scooter. Son *intégrisme* comme il disait le faisait ricaner. Clémence aurait aimé que son père s'épargne de faire l'intermédiaire entre eux.

La proposition de Sofia de racheter leurs parts arrivait au moment où l'âge le rattrapait ; elle lui donnait la liberté, impensable pour un homme comme lui, de se désintéresser. Il avait été plutôt commode pour tout le monde que puissent se résoudre ainsi des années de négligence. Pour Clémence aussi d'une certaine manière, sa vie étant de toute façon entièrement tournée vers l'Allemagne désormais. Elle en voulait pourtant confusément à sa cousine de son peu d'état d'âme à tout s'accaparer.

Sofia ne voulait pas des deux canapés achetés par Claude dans les années soixante-dix et qu'on aurait pourtant pu imaginer à son goût. Clémence s'était laissé convaincre d'en récupérer un pour Erika. C'était l'occasion de passer un moment ensemble avait argumenté son père. Lenka disait qu'il se fatiguait désormais plus vite et Clémence se reprochait de l'avoir un peu abandonnée.

Une odeur d'âtre froid couvait dans la pièce transpercée de lumière. Clémence constata qu'elle n'avait jamais vu le soleil aussi bas dans les vitres à cette heure ni l'horizon aussi large. C'est ma saison préférée, lui confia Lenka en la découvrant en arrêt devant le spectacle de cette vue à l'automne. Elle s'avança pour l'embrasser, comme toujours sereine, le visage clair, immobile à travers les années. Ton père est monté s'allonger. Il tenait à t'attendre, mais nous n'allons pas rentrer tard. Clémence s'assit auprès d'elle. Une légère gêne à se retrouver seules toutes les deux s'installa, quelque chose d'une infinie tendresse.

Son arrivée dans leur vie avait comme résolu le passé. Clémence découvrait un père heureux, d'un bonheur de confortable retraité qui faisait de lui quelqu'un d'autre. Qu'une femme aussi loyale ait rompu un mariage de trente ans pour lui, beaucoup plus âgé et usé par une vie d'abnégation, l'obligeait, notamment à s'accorder du temps, des loisirs. Clémence aussi s'obligeait d'une certaine manière, à une extrême prévenance qui la rachetait. Sans que rien soit évoqué jamais, Lenka avait apaisé les blessures anciennes et, parlant allemand, ouvert des possibles avec sa famille à elle. Il aurait fallu pouvoir lui dire sa gratitude. Mais quelque chose d'insaisissable en elle intimidait : l'anachronisme de son exil d'un Est disparu dont elle était un troublant rappel, par son léger accent, ses traits, ses tenues, sa mèche en travers du visage. Elle était allée faire un café et revint s'asseoir, avec un geste très désuet pour lisser sa robe sous ses cuisses. Rien ne s'abandonne ni ne s'avachit chez elle, songea Clémence, touchée d'imaginer son père en témoin troublé du soin qu'une femme peut prendre d'elle-même, de sa peau, de ses mains.

C'était pour cette pure élégance, ce visage dessiné d'os minces et larges, que Vincent avait été fou de Lenka, peut-être d'autant plus qu'elle s'était toujours refusée. Fou comme d'aucune autre, avait-il précisé à Clémence, sans la moindre intention de la blesser, ni calcul d'ailleurs. Ils s'étaient revus dans une brasserie en vieille ville de Bâle, peu de temps après les obsèques de sa mère à Morgins. Vincent avait obtenu son numéro – Clémence s'était demandé s'il avait eu l'innocence de le demander à son père – et proposait de vraies retrouvailles à l'occasion de son prochain passage en Suisse. Réentendre sa voix légèrement mouillée d'émotion l'avait laissée muette quelques secondes. Vincent disait avoir été saisi en la voyant apparaître dans le pâturage. Tu es restée si svelte et tendue, la félicitait-il. Clémence voulait bien dîner, mais à condition qu'il ne la baratine pas. Comme tu voudras, s'était-il amusé, laissant entendre qu'il se donnait une petite chance contre son inflexibilité. Il l'attendait sur le trottoir en face du restaurant, traversa la rue de son pas élastique de toujours. Je voulais te voir arriver, dit-il en venant l'embrasser sur le front.

Le détachement de Clémence était bien réel, elle-même n'en revenait pas à quel point. Vincent en prit acte avec humour. Ça n'empêche pas de reparler de tout ça bien sûr, mais c'est loin déjà, au moins trente ans, calcula-t-il après avoir choisi et commandé le vin. Cela fait depuis Lyon et la lettre à laquelle tu n'as jamais répondu. Vincent lui rendit son regard amusé, semblant se remémorer peu à peu, avec douceur. Je n'ai même pas dû la lire jusqu'au bout. Elle était sentencieuse et pleine d'acrimonie, ce n'était pas toi. Cette réponse à l'époque l'aurait mortifiée. Clémence avait espéré Dieu sait quoi de cette lettre, un revirement, ou tout au moins l'impressionner par sa maturité. Vincent la scrutait toujours. Tu étais si jeune, sembla-t-il s'effarer, le visage caché dans ses mains qu'il entrouvrit sur un sourire de honte et de pardon. Pour l'époque tu n'étais même pas majeure. Ses soudains scrupules étaient désarmants, et plus encore la cruauté de sa franchise. Il n'aurait su dire pourquoi il lui avait cédé. Je n'ai surtout pas su résister à ta fougue, tu n'imagines même pas combien tu étais libre, entreprenante. Tu faisais même un peu peur, t'en rendais-tu compte ? Il s'était légèrement troublé à nouveau et coucha sa joue dans sa main, la regardant avec son expression d'alors qui n'était que d'attendrissement.

Pour Lenka, c'était autre chose. Elle parlait plusieurs langues, il avait voulu faire d'elle une sorte de co-équipière. Mais elle restait inapprochable, alors que j'étais vaincu, en adoration, vraiment, et prêt à tout. Sauf à divorcer, jamais, surtout pas à ce moment-là. Clémence rectifia que c'était Anne-Lise qui voulait divorcer, mais il agita la tête. Non, non, pas sérieusement. Comme tu le sais, elle a accouché d'un enfant mort. Ce sont des expériences qui laminent et transcendent, plus encore qu'une naissance. On ne divorce pas après ça, dit-il en laissant quelques secondes ses doigts pressés sur ses paupières closes. Il y avait eu d'autres femmes pourtant à cette même période. Mais bien sûr, se moqua-t-il un peu, c'est comme ça la vie, tu le sais mieux que moi. Clémence découvrait les chevauchements et les fidélités. Vincent parlait de toutes avec gratitude, il jurait avoir été avec chacune en vérité. Toujours ! tenait-il à ce qu'elle sache. Les hommes sont entièrement là quand ils baisent, la taquina-t-il, ce n'est pas comme vous, mesdames. Même quand vous êtes fidèles.

Clémence s'étonnait de n'être pas plus agacée, curieuse plutôt de sa manière à lui de se souvenir. Sous les courts piquants de barbe blanchis par endroits, ses pathétiques assauts de charme étaient rachetés par ses appétits – de vivre, de dire –, et aussi par l'élégance qu'il mettait à se faire refuser. Clémence retrouvait peu à peu la mémoire de ce qui l'avait rendue dingue de désir et d'imprudence, mais rien, pas même la possibilité, des embrasements d'alors.

Sofia venait de rentrer définitivement d'Angleterre. Vincent sourit à l'évocation de son retour. C'est une nana décapante. Le mot avait été choisi après une courte réflexion. Tout le passionnait chez sa fille, à commencer par ses convictions qui l'auraient tant ennuyé chez d'autres. Elle me prend pour un vieux con, admit-il, les yeux pleins de tendresse. Mais attention, c'est la seule dont j'accepte qu'elle ne soit pas séduite. La boutade, lancée un peu fort alors qu'il partait régler, fit se retourner quelques épais sourires.

Vincent revint s'asseoir et la contempla, les bras croisés devant le café auquel il n'avait pas touché, ses mains tachées de brun, émouvantes et intranquilles sur la gabardine pistache des manches de sa veste. Nous nous sommes tout de même bien amusés tous les deux, non ? Il cherchait son regard et son approbation, esquissa le geste, vite ressaisi, de lui prendre la main. Clémence avait oublié combien il était facile de le déstabiliser. C'était ce qui le rendait le plus aimable, et ce pour quoi elle avait à ce point tout accepté, songea-t-elle, même qu'il l'entraîne à faire l'amour dans cette grande pièce ouverte sur l'horizon des baigneurs et des embarcations. Vincent s'était arrangé pour qu'ils se retrouvent seuls quand tout le monde était en balade. La situation le rendait fou d'excitation, il n'écoutait ni ne contrôlait plus rien. Clémence gémissait surtout de terreur qu'on les surprenne. Pourtant, ce dont elle se souvenait, au-delà de la peur et de la honte, c'était du bonheur, dingue, d'être désirée si violemment.

Une cargaison de graviers s'écoulait bruyamment sur la berge, puis la voix de Sofia surgit toute proche. Elle débarqua bientôt à longues enjambées sur la terrasse, en bottes et gants de jardinier, les bras chargés d'un fagot des lattes les plus abîmées du ponton. Elle fit coulisser la vitre de l'épaule puis de la hanche, décolla la terre de ses semelles à petits coups de pied contre le rebord, et s'excusa, dans un grand sourire à Clémence, de ne pas l'avoir vue arriver.

La fraîcheur du dehors s'engouffra à sa suite, aspirée par son énergie. Elle était superbe et changée ; les cheveux coupés en une épaisse pagaille de boucles brunes portée haut sur la nuque interminable. Ils étaient emmêlés de filaments qu'elle épousseta, tête en bas, après avoir balancé les planches au pied de la cheminée. Elle proposait de faire une flambée et des grillades, insista pour qu'ils restent au moins pour dîner : On n'est pas obligé de faire tard. L'espièglerie de la remarque était affectueuse. Clémence s'étonnait, comme à chaque fois, que de sa génération ce soit cette fille, spectaculaire et tellement présente au monde, qui leur soit le plus attachée, à eux ainsi qu'à une certaine idée de la famille.

Lenka montait voir comment se sentait François et ce qu'il souhaitait faire. Sofia s'arrêta un instant de déchiqueter les planches. Qu'est-ce qui se passe ? La question s'adressait à Clémence, elle était pleine d'ironie, ou tout simplement de gaieté. Ce n'était d'ailleurs pas vraiment une question, Sofia devait savoir exactement ce qui se passait.

La remorque repartait à vide sur le chemin dans des gémissements de métal. Ils la remmènent et vont faire des courses en revenant, commenta Sofia, sans préciser de qui elle parlait. Des feuilles de papier journal étaient déjà froissées dans la cendre. Elle y entassa les planches dépiautées, mit le feu, ajouta deux bûches à mains nues dans les flammes. On l'avait vue quelques années plus tôt aux infos, fluette ado ajustant au marteau et ciseau les pierres d'une chapelle en rénovation. Clémence se demandait à quel moment son enfance auprès d'Anne-Lise et Vincent avait favorisé ces talents-là.

Dehors le lac prenait une épaisseur immobile, à peine remuée de reflets d'incendie. Le silence y était quasiment parfait, traversé parfois par des battements d'ailes à fleur d'eau. À l'époque de ses vacances ici, Clémence ne soupçonnait rien de l'exceptionnelle quiétude de ce décor. Elle commençait à pressentir le regret qu'elle en aurait, et l'évidente jouissance que tirait Sofia à investir les lieux lui fit mal.

Cette fille chaleureuse et remarquable à plein d'égards savait aussi se montrer cassante, désobligeante. Peut-être justement du fait de la légitimité qu'elle se reconnaissait en tout : son expertise, ses réussites, ses jugements. Quelques mois plus tôt, aux obsèques de Vincent, son hommage précis, assez virtuose, avait beaucoup ému et divisé. Devant un crématorium rempli jusque dans les travées, et sans pitié pour sa propre douleur, elle s'était fait un devoir d'évoquer également l'homme à femmes, les mensonges, les indignes dérobades et les faux départs de sa mère par lesquels sa vie de fillette avait été ballottée. Clémence avait toujours cru, vu, que Vincent protégeait parfaitement ses secrets. Ce soudain aperçu de l'envers du décor ouvrait sur une tout autre histoire.

Au premier rang, Anne-Lise l'écoutait sans bouger, le regard porté droit devant elle. Elle était enroulée dans une longue doudoune en cuir vert d'où ressortait son visage pas maquillé, les pommettes et les lèvres tuméfiées par de récentes injections. Cette sorte de mise à nu stoïque de sa douleur à vieillir, et de sa douleur tout court, la sauvait, du moins devant le monde, des reproches de Sofia.

C'est elle qui avait vu Vincent s'écrouler dans le couloir de leur immeuble, un soir qu'ils étaient allés dîner au restaurant. Elle était restée longtemps complètement incapable de réagir. Sofia jetait des flammes sur son insuffisance et sa culpabilité, leur avait dit Anne-Lise, lorsqu'elle avait pu repenser sereinement à tout ça. Le jour même, on ne l'avait plus vue à la fin de la cérémonie, et c'est par SMS qu'ils avaient été prévenus qu'elle ne serait pas au repas.

Sur le trajet vers le parking, sa fuite (ou démission) avait été très commentée. Sofia maintenait ses propos, puisqu'elle disait vrai et que c'était son histoire. Clémence la regardait marcher au bras d'une amie, à quelques mètres devant elle, mince, grande, en blouson fourré, la tête haute malgré qu'elle ait été très durement sonnée. Qu'avait-elle su pour elle et Vincent ? Probablement rien à l'époque, ou rien dont elle pouvait se souvenir. Mais il y avait au moins vingt ans de sa vie à Lyon et de ses séjours chez Nancy dont Clémence n'avait aucune idée.

Neuchâtel (octobre 2016)

Il était plus de neuf heures. Des lumières minuscules émergeaient tout au fond de la nuit liquide où les deux copains de Sofia étaient sortis fumer. Ils s'étaient peu mêlés à la conversation, les bras en travers des coussins, leur portable au creux de l'aine. Clémence sentait son père sur la défensive en leur compagnie. Il restait pourtant imperturbablement lui-même, comme en résistance à l'ironie qu'on pouvait parfaitement supposer chez ces jeunes types à l'égard de l'octogénaire qu'il était, encore bel homme et le dos droit, toujours en activité comme notaire auprès de gros clients restés fidèles, remarié avec cette beauté démodée à ses côtés. Le voyant hésiter à prendre congé, Clémence commença à débarrasser. Il y avait encore le canapé à charger de toute façon, et elle avait pas mal de route à faire.

Pas dans le lave-vaisselle, l'avertit Sofia qui la rejoignait à la cuisine, une cigarette pincée entre ses doigts. L'évacuation est bouchée et ce cher Louis a laissé ça comme ça. Il a fini par reprendre le scooter, ajouta-t-elle en cherchant une place pour les restes dans le frigo. Il est reparti dessus, plein gaz, c'était pathétique. Clémence savait que Louis avait surtout été blessé par son mail maladroit les invitant tous à venir récupérer leurs affaires. Il aurait pu ne pas te céder la place, fit-elle simplement remarquer. Tu prends sa défense toi aussi ! L'intonation était celle que prenait Vincent pour railler les reproches. Mais il n'est coupable de rien, s'agaça Clémence, voyant bien où Sofia voulait en venir, ou plutôt revenir : des accusations d'une collègue qui avaient failli coûter son poste à Louis, cela faisait quelques années déjà. Clémence savait que son père avait été beaucoup sollicité par Karine dans cette affaire. Il était en train de renfiler sa veste dans le couloir et les avait forcément entendues. Un drôle de sourire aux lèvres, Sofia attendait qu'il intervienne. Et comme il se taisait, visage froissé dans la pénombre, elle lui rappela que le monde avait changé.

Clémence n'en revenait pas de son assurance comme satisfaite. Karine recommençait une très lourde chimio au moment de cette histoire. La fille en question avait eu une liaison avec Louis, Karine disait l'avoir croisée à un barbecue et trouvée bruyante, pratiquement déshabillée et de grosses bottes fourrées aux pieds. Ça ne la traumatisait pas de l'aguicher chez lui en présence de Julia et des garçons. Son amertume faisait mal à entendre. En repensant à celle de sa mère envers elle, Clémence s'était dit qu'il n'y a plus de générosité possible au-delà d'un certain degré de souffrance.

La fille avait retiré ses accusations et même fait des excuses. C'est ce qu'avait su Clémence et ce que son père rappela à Sofia, sur un ton malvenu d'autorité auquel elle opposa un sourire affreux. Mais arrêtez, vous savez tous très bien comment il est, persifla-t-elle en les traversant pour retourner dans le séjour. Clémence s'étonna que son père ne réagisse pas. Ça devait être la première fois pourtant qu'on le traitait avec hauteur. Il était de cette génération d'hommes qui avait toujours été respectée et s'était d'ailleurs montrée digne de l'être. Sa liaison avec Vincent, réalisait Clémence, devait être la plus grande offense qui lui ait jamais été faite.

Lenka terminait de boutonner son manteau. Elle s'observa une seconde dans le miroir de l'entrée, dégagea ses longs cheveux pris sous le col. Allons-y, dit-elle simplement en le poussant doucement vers la porte. Clémence, on t'appelle demain.

Leurs pas crissèrent sur le sentier, Sofia était revenue dans le couloir, elle alluma la lumière extérieure. Je ne vous chasse pas, lança-t-elle d'une voix déçue dans le silence retombé. L'un des copains approchait, ses mains plantées loin dans sa frange, la chemise sortie du pantalon laissant voir un triangle de peau jeune et brune. Clémence l'avait déjà rencontré à l'enterrement et trouvé attrayant. Il devait s'en souvenir aussi car il parut chercher sa complicité en désignant Sofia d'un mouvement de tête, Sofia qui s'était avancée en chaussettes dans le gravier du passage.

Elle prend cher en ce moment, expliqua ce même copain, Thibault, après avoir aidé Clémence à charger le canapé dans la voiture. Vous n'êtes pas au courant ? comprit-il soudain, avec un geste de la main pour effacer sa presque gaffe. Elle vous racontera.

Vous venez souvent ? demanda-t-elle pour le mettre à l'aise. De plus en plus. Je suis le prétendant, ajouta-t-il d'une voix un peu narquoise dont

Clémence ne sut pas ce qu'il fallait déduire. J'étais là un dimanche où votre cousin a débarqué pour faire du scooter avec ses fils. Il est grave quand même, ne me dites pas le contraire. Les lumignons plantés tout le long de la berge venaient de s'allumer. Clémence fut frappée par l'intelligence de son très beau visage, issu d'on ne savait trop quel métissage. Elle imaginait Louis cherchant à jouer au plus fin avec cette bande de jeunes nantis à tous points de vue, quoi qu'ils professent et se persuadent, et elle ressentit une grande lassitude.

Elle avait revu Louis quelques mois avant qu'il ait ses ennuis au travail, Karine venait tout juste d'être réopérée. Il avait pris du poids, se laissait pousser la barbe, une fine mousse châtain-roux qui lui donnait une prestance monacale. Clémence avait profité de ce qu'elle était de passage en Suisse pour aller la voir et déjeuner avec lui à la cafétéria de l'hôpital, un local surchauffé, inondé de soleil, où son corps semblait de plus en plus inconfortable. Ses yeux somnolents fixaient les restes de neige, comme des pétales semés dans la terre gelée des plates-bandes. J'étais au ski, on a dû écourter, précisa-t-il soudain en se réveillant à la présence de Clémence. Il se disait inquiet pour sa mère, inquiet surtout de la voir changer et comme s'armer de colère pour parer à cette nouvelle rechute.

Son couple virait à l'aigre, raconta-t-il aussi. Raphaël et Léo vivaient encore sous leur toit, c'est ce qui maintenait un semblant d'harmonie entre eux. Mais Julia ne lui passait rien, ne lui donnait plus beaucoup, ni d'amour ni d'attention. Il ne pouvait pas s'empêcher d'être blessant quand elle était comme ça, *cul sec*, ajouta-t-il, goguenard et désinvolte, en défiant la réaction de Clémence avec aplomb. Sa carrière comme son mariage avait pâti de ce genre de réparties qu'il s'entêtait à assumer comme il assumait *ses coups à gauche à droite*. Il n'y avait guère qu'avec ses fils qu'il pouvait être lui-même sans provocation. Ils allaient encore souvent au chalet à cette époque, et y goûtaient une liberté dont Louis se disait frustré partout ailleurs.

Ils revenaient lentement vers la maison le long des joncs. La nuit les enveloppait, il faisait encore doux. De temps en temps, des phares venaient balayer la surface, laissant apparaître un bois mort ou une poule d'eau endormie. Soudain des voix rieuses de cyclistes, invisibles derrière la haie, les frôlèrent en coup de vent. Clémence resta à l'écoute de cet instant immobile. Thibault s'arrêta lui aussi. Il était tout proche, elle pouvait sentir sa chaleur, l'entendre respirer, mais à peine deviner son expression, à contre-jour des lumières du chalet, juste les reflets dans ses yeux fouillant cette nature immuable autour d'eux.

Nous venions ici presque tous les étés, je n'avais pas mesuré combien ça serait dur de n'y être plus chez nous. Sofia était sortie sur la terrasse et les cherchait. On arrive, lui cria Thibault, avant de se tourner vers Clémence. C'est dur pour Louis aussi, ajouta-t-elle, comme il devait s'y attendre car tout en avançant vers la terrasse à reculons, il écarta les bras, en signe d'excuse ou d'innocente capitulation.

Lenka avait proposé de laisser la voiture à l'entrée du village, pensant alors qu'ils repartiraient tôt et souhaitant faire une dernière fois la grande balade à pied par le bois puis le sentier spongieux en bordure de roseaux. Maintenant il faisait noir, la piste piétonne le long de la route se devinait à peine dans le jaillissement ininterrompu des phares. François était tendu, son pas se fatiguait. Lenka sentait sa main s'accrocher à la sienne chaque fois qu'il achoppait au rebord herbu. Elle savait sa hantise, envahissante, que son âge devienne un obstacle entre eux. Et de fait il vieillissait, ses forces à tous points de vue déclinaient, pour leur plus grande déroute à l'un et à l'autre. Tout faisait offense et silence quand son corps ne répondait pas. Lenka n'osait plus un geste intime par peur de sa peur d'une défaillance. La formidable impudeur dont elle s'était sentie libre avec lui paraissait désormais impensable, elle paraissait même ahurissante. Nous désapprenons à nous faire confiance, s'attristait-elle, consciente qu'il y aurait d'autres paliers, et sachant à quel point il n'était en rien préparé à devenir une charge. La mort de Vincent, si soudaine, si choquante, avait fait naître une encore tout autre appréhension, celle d'une vie laissée en plan avec des regrets et blessures irréparables.

C'est l'expérience que décrivait Anne-Lise de façon cruellement lucide, comme si elle cherchait à en épuiser plus rapidement la douleur. Elle avait énervé Vincent pendant leur dîner au restaurant, pour une *bêtise* qu'elle aurait dite, au sujet du vote utile croyait-elle se souvenir, puis à nouveau en se montrant les larmes aux yeux dans le taxi en rentrant. Les images des attentats parisiens l'avant-veille l'avaient réduite à un état d'insécurité, presque d'enfance ; elle avait besoin de consolation. Mais Vincent ne savait pas consoler, ou du moins pas la *sensiblerie*, il s'y refusait. Elle l'avait laissé régler la course et se refaisait une tête dans le miroir de l'immeuble quand elle l'avait vu pousser la porte, son téléphone à l'oreille, et tomber comme un arbre. J'ai cru qu'il avait trébuché, qu'il s'était assommé. C'est affreux le temps qu'on met à comprendre, alors qu'on sait déjà. Et maintenant je reste avec ça : que je dis des bêtises, concluait-elle, avec quelle autodérision.

Lenka ne l'avait plus revue depuis son mariage avec François où, contre toute attente, ils avaient tous été là, généreusement, même Sofia, garçonne et étonnante dans un duo caustique avec son père. Il aurait fallu pouvoir lui dire que rien n'avait jamais été consommé entre Vincent et elle, mais Anne-Lise semblait avoir oublié jusqu'à son nom, jusqu'à sa présence à Beausobre. Le regard nonchalant sous le lourd mascara, elle était restée un verre à la main et la tête joliment penchée à l'écoute des quelques mots très drôles par lesquels Vincent disait se réjouir de confier Lenka à son frère.

L'Anne-Lise qui les avait accueillis à Lyon, la veille de l'enterrement, était tout autre. Elle avait une haleine de somnifères, elle était en chaussons et jean sur lequel flottait un grand kimono sombre. Le fond de teint dont elle avait maquillé les contusions à ses joues faisait ressortir le gonflement endolori des lèvres. Ses lèvres dont Vincent disait, avait appris Lenka par François ce jour-là, qu'elles avaient été les plus bandantes au monde.

L'immense appartement donnait de part et d'autre en plein ciel. C'était son idée à lui d'emménager ici, savait Lenka, et tout y était à son goût, chaque objet, chaque meuble. Anne-Lise y évoluait en somnambule. Je me demande ce que je fais encore ici, plaisanta-t-elle, en leur montrant la vue du balcon. Sa détresse était insaisissable, elle-même semblait ne pas la comprendre. Par moments j'oublie, puis je redécouvre qu'il est mort, et chaque fois c'est la même stupeur, le même déchirement. Tu te rends compte que j'ai fini par laisser cet homme prendre toute la place dans ma vie ? Ses yeux souriaient à François avec gratitude. N'était la tache de sang qui flottait au bord de la paupière, ils avaient gardé une transparence d'une grande jeunesse. Lenka la découvrait, à la fois pathétique et totalement originale, buvant son thé à petites lampées, sa tasse tenue à travers les manches du kimono. Vincent avait dû être amoureux, forcément, de la tendresse adorable de ses gestes. Ça disait quelque chose de lui, quelque chose de très précieux qu'Anne-Lise devait être seule à connaître.

Dès son coup de fil paniqué, en pleine nuit, François avait proposé de venir s'occuper des démarches. C'était sa façon de compatir et exactement ce dont Anne-Lise disait avoir besoin : qu'on la remplace. Ils étaient finalement restés une semaine, François s'étant attelé avec Sofia aux dossiers en attente que leur portait Andrée, l'assistante de Vincent depuis les tout débuts de la galerie. Lenka se souvenait de l'inconfort où la mettait cette femme, chargée de lui confier leurs billets, les rares fois où elle était venue le rejoindre à Lyon. Elle ne savait pas comment déchiffrer sa complicité ni son personnage, ses longs ongles peints, les foulards de couleurs criardes à son cou, les moitiés de cigarettes, tachées de rouge, qu'elle laissait se consumer dans son cendrier, et surtout sa voix chaude et la malicieuse tendresse de son *Dites-moi tout* quand elle décrochait. Si liaison il y avait eu entre elle et Vincent, comme il se disait, Lenka l'imaginait parfaitement décomplexée et voulue, du moins dans l'esprit des femmes libres de l'époque, qui n'avaient pas pris mari, mais la pilule avant tout le monde. Andrée n'avait pas pris de retraite non plus, continuant à travailler pour Vincent jusqu'à sa mort, qui la laissait anéantie de révolte. Il ne s'est pas vu vieillir, avait-elle presque claironné au moment de déposer un premier carton de dossiers dont elle se réjouissait qu'ils se débrouillent. Il n'avait rien prévu pour Anne-Lise, ni pour dédommager sa fidélité à elle, et jamais songé non plus à devoir passer la main un jour, ayant préféré s'entêter à croire que Sofia lui succéderait.

François passait tous les après-midi avec sa nièce dans le bureau. Anne-Lise leur préparait des quiches et des thés. Elle refusait qu'on mette son nez dans l'ordinateur personnel de Vincent. Nous n'avons pas envie de tout savoir, avait-elle dit à Lenka en ramenant un plaid sur ses pieds nus dans un canapé. Il aurait fallu contester ce *nous* et le ton de connivence, car Lenka aurait aimé tout savoir au contraire. Comme d'ailleurs Anne-Lise avait dû chercher à savoir et à le confondre, à une époque du moins, puisqu'elle avait su son nom et celui de l'hôtel où ils étaient descendus. Lenka se souvenait de sa voix douce, déroutante, lui disant qu'elle la crèverait si elle tombait enceinte.

Ils avaient marché vite et arrivaient à la voiture par une étroite ruelle de granges et de garages où s'étouffa soudain le long hurlement de la circulation du dimanche. François s'arrêta tout d'un bloc, comme s'il rendait les armes. Lenka appuya son front contre son épaule et attendit de sentir ses bras peser sur elle. Le sac plastique avec le tableau soigneusement emballé par Sofia oscillait doucement entre eux. Lenka tenait la poignée des deux mains, consciente soudain d'effleurer son sexe à travers le pantalon. Elle s'en émut et François aussi. Il lui sembla même qu'il cherchait à encourager sa main, mais il lui reprenait doucement le sac et l'entraînait vers la voiture. Elle avait une torturante envie d'être embrassée, d'être réconfortée du terrible regret qu'elle aurait de cette maison où Nancy l'avait reçue plusieurs fois en amie, puis François, pendant leur courte parenthèse clandestine. Mais il passait de temps en temps une voiture et François n'était pas homme à s'afficher, juste à marquer son amour d'un bras rassurant à sa taille, des façons de propriétaire, se souvenait-elle avoir entendu commenter Vincent, un soir à Beausobre, en le voyant repartir ainsi avec Judith.

François déposa son pardessus sur la banquette arrière puis s'installa au volant où il resta concentré. La lumière bleue des éclairages le modelait d'ombres profondes. Lenka devinait la tourmente d'interrogations qui l'assaillaient, lui sans doute encore plus qu'elle, depuis les révélations de Sofia en début de soirée.

Le tableau était la seule chose que François avait souhaité reprendre : une petite huile représentant, vu du large, le champ de joncs trempé où son père avait eu l'originalité, et l'autorisation à l'époque, de faire construire. La facture sommaire, presque abstraite, dans les verts, marrons et noirs, donnait de la berge plutôt l'impression d'un antre dressé de sentinelles. François l'avait trouvé des années plus tôt chez un antiquaire à Neuchâtel et offert à Nancy. Il s'était peu à peu encrassé à la fumée des flambées et des cigares. Sofia se réjouissait d'avoir réussi à le récupérer. Il ne va peut-être plus vous plaire, il n'a plus rien de lugubre, avait-elle plaisanté en les précédant dans la grande chambre du bas où elle comptait transférer complètement son atelier lyonnais.

C'est là qu'avaient toujours dormi ses parents et elle-même gamine quand elle restait avec sa mère en semaine. À l'endroit où s'était trouvé le lit, le plancher s'était soulevé, leur montra-t-elle. Elle redoutait d'avoir à refaire carrément la structure de ciment posée au ras de l'eau sur des pieux en béton. Une expertise d'architecte devait lui être remise bientôt. J'ai peut-être fait l'acquisition la plus pourrie qui soit, constatait-elle de façon curieusement désinvestie.

L'argent provenait de la vente de bijoux anciens dont Vincent avait fait collection pour elle depuis sa naissance. L'urgence avec laquelle elle avait paru vouloir s'en dessaisir choquait François. Ton père en aurait été malade. Sofia était en train de dérouler un grand morceau de papier bulle. Elle suspendit son geste, semblant hésiter à prendre la perche tendue en présence de Lenka. C'est vrai qu'il respectait au moins ça, les beaux objets. Comme François levait vers elle un regard soupçonneux, elle poursuivit d'une voix étrangement mesurée. Il a fait des propositions cul à plusieurs de ses stagiaires, des filles de cinquante ans de moins que lui, sorties d'une grande école, à qui il offrait une première expérience de rêve. Lenka voyait François se barricader, elle éprouvait presque physiquement la véritable détresse où le mettait sa façon de balancer ces choses. Même entre eux, et même aux années les plus heureuses et affranchies de leur relation, jamais rien n'était nommé. Ton père aimait les femmes, on ne le sait que trop. Les mains dans les poches, il regardait fixement le tableau posé sur la table à tréteaux. Sofia eut un terrible petit rire terriblement triste. Tu appelles ça aimer les femmes ! C'est comme pour Louis, ce n'est pas parce qu'il n'y a plus plainte que ce n'est pas condamnable. François restait rassemblé, la bouche serrée. Ces choses se passent entre adultes, elles ne nous regardent pas. La phrase était tombée comme un poing. Lenka ne lui connaissait pas ce ton-là, elle avait envie que ça s'arrête, elle se demandait si Sofia était au courant pour Clémence, si elle pouvait imaginer la souffrance qu'elle réveillait forcément chez lui d'avoir dû imaginer sa fille de dix-huit ans se donnant à un homme dont tout le monde avait su les lettres érotiques hallucinantes. Ses joues étaient très rouges en tout cas. Elle s'était mise à chercher un sac en plastique dans la pyramide de cartons entassés derrière elle. Dans son expression, ses sourcils relevés, Lenka voyait affleurer quelque chose de l'insolence dont se parait Nancy pour cacher qu'elle avait mal.

Un des copains qui aidaient aux travaux passa une tête dans la pièce. Ils faisaient encore un dernier trajet et iraient à la supérette ensuite. Sofia lui demanda d'attendre, deux secondes, j'arrive. La diversion sembla l'avoir vaincue. Elle termina d'emballer le tableau, le glissa dans le sac et le tendit à François. La dernière en date est venue me voir la semaine après l'enterrement. Elle a soigneusement conservé tous ses messages et dit qu'elle a largement de quoi prouver un harcèlement. Lui a eu du bol, mais attends-toi à ce que ça ressorte. Je ne sais pas d'ailleurs si elle pourrait nous demander réparation à nous, dit-elle en forme d'inquiète question à François. De toute façon je ferai comme elle voudra, prévint-elle pourtant en disparaissant en direction de la cuisine.

François était sorti sur le ponton. Une nuée silencieuse de moucherons s'élevait dans le ciel orange derrière lui. Ils ont bien bossé, dit-il, dès que Lenka l'eut rejoint. Il désignait du pied les lattes neuves plus pâles dans le soir. Sa contrariété semblait s'être découragée et lui peser comme une fatigue. Lenka prit son bras qu'elle enroula à son cou. Elle sentait trembler son souffle dans ses cheveux. On ne m'enlèvera pas de l'idée que rien n'interdisait à ces femmes de dire stop. Lenka ferma les yeux, le sentit reprendre son bras et l'embrasser sur la tempe, disant : Je vais m'allonger un moment.

Peut-être parce qu'il en avait été question tout à l'heure, ou en raison du silence où elle restait seule, Lenka crut deviner un clapotement de marécage sous la maison. L'impression en était déstabilisante, c'était comme s'abandonner à un insondable et c'était ce qui était en train de lui arriver.

Dehors, il n'y avait pas un souffle, pas un mouvement. Sofia avait disparu. Elle est *tonitruante*, s'était amusé François pour la lui décrire, racontant qu'à six ou sept ans, à un repas de Noël au Mirabeau, la petite en bout de table, brune, toute fine, une frimousse de renarde, avait soudain crié à son père d'une voix perçante, et avec une véhémence qui avait porté, qu'il fallait qu'il arrête de faire son cirque. Vincent n'avait ni ri ni minimisé, il avait obéi. La relation très exigeante qui s'était instaurée entre eux adultes avait été l'un de ses grands bonheurs, peut-être sa seule vraie fierté. J'ai réussi ça avec ma fille, que nous fassions équipe. C'est ce qu'il leur avait confié, lors de cette soirée consolante, dix ans plus tôt, dans la cuisine rue Rosemont où ils avaient dîné tous les trois d'un reste de saumon et de sancerre en attendant l'arrivée des pompes funèbres.

François était veuf depuis plus d'un an et avait annoncé très récemment qu'il se remariait avec elle. Lenka appréhendait la réaction de Vincent, lui qui l'avait tant voulue. Mais il était tout entier présent à la simple émotion de l'instant. C'est bon de vous savoir là, leur avait-il même dit dans une étreinte amie les enveloppant solidement tous les deux. Il était tard, Nancy avait été étendue sur son lit, à la lumière des chambres du Mirabeau juste en face, sereine, ne pesant rien, ses mules encore aux pieds. Vincent s'avança vers elle sans appréhension, retira sa veste puis son écharpe sans quitter des yeux le corps auprès duquel il s'assit, sa main familièrement plantée derrière l'oreiller, empressé et soucieux comme un père ou un amant. On l'avait trouvée son briquet à la main dans le canapé du salon, elle devait fêter ses quatre-vingt-quinze ans quelques jours plus tard. Eux avaient pu venir tout de suite, Vincent avait fait au plus vite, arrivant en voiture directement depuis Lyon ; ils n'avaient encore pu joindre personne à Delémont.

Vous avez vu ses pieds ? Tout déformés et violacés, mais les ongles peints, impeccables. Vincent les avait rejoints à la cuisine et se tenait à califourchon sur un tabouret, le dos las contre la faïence. Cette ultime élégance de sa mère le laissait ému et souriant, un sourire désarmé. C'était peut-être ça son visage le plus sincère, s'était alors dit Lenka, quand tout était épuisé de son adresse et de son impertinence. C'était celui qu'elle lui avait connu, du temps de leur *collaboration*, comme il disait, quand il se résignait à la laisser à la porte de sa chambre, se montrant soudain dans le désarroi nu où il était de ne pas lui plaire. Il lui avait plu pourtant, ou tout au moins son esprit, et le monde où Nancy aimait à lui montrer qu'il évoluait.

La mort de Claude remontait à un mois quand elle avait pris son service à Beausobre. Nancy semblait alors sans cesse se heurter à son absence, elle avait des moments d'amnésie qui la laissaient comme abandonnée au milieu des pièces. Sa coupe stricte, presque masculine, ses belles mains manucurées, toujours occupées d'une cigarette, lui gardaient une certaine allure pour s'obstiner contre François. Il savait déjà qu'il ne serait pas possible de garder la maison et commençait à l'y préparer. Nancy le recevait dans la véranda, ses forces à nouveau mobilisées, et aussi son invraisemblable mauvaise foi. Vincent appelait le soir pour savoir ce qui se complotait. Ne laissez pas mon frère la tourmenter, disait-il à Lenka quand c'était elle qui décrochait.

La chambre où elle logeait n'avait jamais été complètement débarrassée. C'est ce que Judith avait découvert très gênée en venant faire son lit, le matin de son installation. Il restait des livres et revues, un pantalon blanc, taché de traits de feutre, et tout un petit fatras de choses oubliées que Judith avait fourrées pêle-mêle dans les tiroirs de l'armoire. Même une lettre, avait découvert Lenka, un bas noir noué à une bague en toc, et pas mal de photos d'une jeunesse dont la liberté et l'irrévérence lui avaient semblé vaines. Vincent y apparaissait de façon tapageuse, la chemise à moitié défaite sur deux d'entre elles, en train d'embrasser comme à la volée des grappes de filles assises par terre, aguichantes, ravies. Il devait avoir bien quinze ans de plus désormais. Ses fréquents appels à sa mère disaient quelqu'un de bien plus inquiet, dont Lenka avait tout de suite aimé la voix et l'empressement.

Il s'était mis en tête de transformer la maison pour sauver à Nancy une sorte de duplex côté véranda et fit le voyage de Lyon avec un architecte. Lenka les entendit discuter au premier, puis les vit de sa fenêtre dans le jardin, sous le tamis rose des tamaris, Vincent foulant délicatement le gazon laissé aux trèfles et pissenlits, bras croisés, songeur, tandis que son ami prenait des photos. Elle était sur le point de descendre quand il apparut en haut des marches, surpris lui aussi de se trouver face à elle.

Ma mère vous *réclame* dans le bureau, dit-il en souriant du mot, comme présumant de ce qui aurait pu l'agacer chez Nancy. Il s'était avancé presque jusque sur le seuil de ce qu'il lui rappela avoir été sa chambre, promena un regard attendri sur ses robes suspendues et ses chaussures à la fenêtre. Lenka ne savait comment réagir à cette façon de faire connaissance. Venez, nous avons besoin de votre impartialité, sembla-t-il s'excuser en la devinant mal à l'aise. Il s'engageait déjà dans l'escalier, se retourna pour s'assurer qu'elle le suivait, puis descendit très lentement, les épaules souples et la nuque ployée presque à portée de sa main à elle dont il semblait attendre – c'était sidérant – qu'elle le retienne.

François avait été convoqué lui aussi. Il écoutait son frère défendre son projet absurdement cher avec un scepticisme de plus en plus fâché. L'architecte lui-même y adhérait avec beaucoup de réserve, et Nancy restait silencieuse, ses doigts jouant avec le velours des accoudoirs, le regard noyé. La perspective du chantier et des coûts que supposaient ces aménagements lui était à l'évidence une souffrance. Lenka s'étonnait que Vincent ne comprenne pas que c'était lui qui la tourmentait, et doublement en l'obligeant à un choix contre lui.

Ces trois messieurs vous ont trouvée très belle, lui annonça Nancy de sa voix profonde, lorsque Lenka redescendit le soir, au moment des infos. Clémence était là pour la nuit. Elle arrivait de la piscine, ses joues sentaient le chlore, la remarque les avait violemment empourprées. Elle devait avoir dans les douze ou treize ans alors, elle dormait à Beausobre tous les mercredis. Lenka se souvenait de sa discrète inquiétude, le premier jour, de voir l'inconnue qu'elle était s'approprier cette chambre où elle aimait jouer, et aussi, plus tard, de sa toute jeune adoration lorsqu'elle venait la regarder se coiffer et s'enduire les mains de crème. Nancy l'avait accueillie tout un week-end et su adoucir sa panique, au moment d'une courte hospitalisation de Judith. Lenka se demandait ce qu'elle avait en tête en rapportant cette remarque totalement inhabituelle, et déstabilisante pour la petite, de la part d'un père comme François.

Neuchâtel (octobre 2016)

À chacune de ses quelques visites à Beausobre, Vincent trouvait à s'éclipser pour monter jusqu'à sa chambre, même lorsqu'il la savait en bas, l'obligeant à aller voir ce qu'il fabriquait, et donc à le suivre, le rejoindre en quelque sorte. Ses longs regards souriants s'appesantissaient sur elle avec son culot d'homme beaucoup comblé par les femmes. Que faites-vous ici, je veux dire dans ce travail ? lui avait-il demandé lors d'une de ses déroutantes intrusions. Lenka n'avait pas tout de suite répondu, la question la blessait et, s'en apercevant, Vincent avait eu le tact, et peut-être l'envie sincère, de continuer sur un autre ton, montrant un intérêt réel pour elle, son enfance à Prague, ses études.

Son contrat se terminait le jour du départ de Nancy pour ses premières vacances sans Claude au lac. François et Judith passaient la prendre en début d'après-midi. Lenka était restée à les attendre avec elle dans la pénombre sinistre des pièces aux volets fermés. Vincent l'avait appelée quelques jours plus tôt. Il disait avoir une proposition à lui faire, une proposition sérieuse dont il lui reparlerait. Sur le moment, Lenka s'était interdit de trop s'illusionner.

Il était tard, ils avaient roulé au pas quasiment jusqu'à l'entrée de la ville. Clémence cherchait à les joindre, d'abord Lenka, qui fut trop lente à décrocher, puis François, dont le portable alluma une lumière de luciole sur la plage arrière. Elle vient de prendre la route et t'embrasse, rapporta Lenka après avoir écouté son message. Sofia a dû lui parler de votre discussion car Clémence s'inquiète pour toi. François fit une moue. On ne se sera pas beaucoup parlé finalement, déplora-t-il, semblant s'en faire le reproche. Ses yeux avaient bondi dans le rétroviseur soudain aveuglé par des pleins phares qui les dépassèrent dans une violente claque d'air. L'incident le laissa muet et tendu quelques instants, ressassant.

Est-ce que Vincent a été harcelant avec toi ? finit-il par demander. Lenka attendait cela depuis tout à l'heure. Elle s'était souvent posé ces questions, comme tout le monde se les posait désormais, et la réponse qui semblait la plus juste, ou la plus honnête, quoi qu'il se dise, c'est que Vincent n'avait jamais rien fait d'inexcusable avec elle. Ou du moins rien à quoi elle n'ait, d'une certaine manière, consenti et même participé.

Puis il y avait eu ce déplacement à Zurich, deux jours pour lesquels Vincent n'avait pour la première fois, et très ouvertement, pas cherché d'alibi professionnel. Ils repartaient en début d'après-midi, après une soirée en tête à tête, extrêmement malaisée parce que devenue soudain injustifiable. Lenka était descendue le rejoindre dans le hall. Vincent la regarda avancer jusqu'à lui. Ta beauté et ta sévérité me torturent, que va-t-on pouvoir faire ? Il venait de régler leur séjour et semblait dans l'attente tendue d'une solution à ce dilemme. Lenka ne trouvait rien à répondre, il n'y avait rien qui puisse justifier qu'elle ait à la fois voulu venir et se soustraire. Lui n'avait pas faim mais il l'invitait à prendre quelque chose au restaurant de l'hôtel, ils avaient tout leur temps. Son insistance était affreuse, il semblait pourtant n'y mettre aucune intention. Puis s'excusant, il sortit passer quelques coups de fil en contemplant l'orage sous lequel se diluait la ville. Il fut long à venir la rejoindre dans le petit salon où elle s'était retirée, s'assit dans le fauteuil à l'angle du sien, tout au bord, les coudes sur les cuisses, plongé dans la contemplation de ses mains que Lenka sentait s'impatienter près de son genou.

Que va-t-on pouvoir faire ? répéta-t-il, ajoutant : À part en rester là. Il levait vers elle ce même regard très appuyé avec lequel il accueillait son sourire, un las sourire d'indulgence, par lequel elle le suppliait d'arrêter, quand il l'embêtait à la complimenter, à la photographier, à fantasmer son corps dont ses robes lui disaient tout, prétendait-il, les hanches maternelles, le long dôme généreux, les cuisses de cavalière. Tes pudeurs me charment, tu m'obliges à les taquiner, se défendait-il alors, tout en changeant d'attitude, aussitôt, comme s'il retirait un costume. Mais cette fois c'était différent. Lenka sentait son regard peser sur elle comme une main ferme. Tu ne veux pas me répondre, conclut-il au bout d'un long silence, plantant soudain un doigt accusateur sur son genou, y prenant appui pour se lever et aller commander un taxi où il la laissa partir seule, après lui avoir juste effleuré la main des lèvres.

Lenka n'avait pas trente ans, elle était fiancée, vivait dans un foyer étudiant, arrivant d'un monde où rien de ce qu'il lui faisait vivre n'aurait même pu être pensé. Mais qu'avait-elle cru et espéré de sa part ? s'était-elle reprochée. Les intentions de Vincent avaient toujours été transparentes. Il n'avait aucun besoin de ses services et n'avait jamais vraiment fait mine du contraire, il n'avait d'ailleurs jamais parlé de la rémunérer et aurait été éberlué qu'elle le lui demande. La honte d'être en quelque sorte prise en défaut ce jour-là – défaut de bonne foi, de cohérence – avait été tenace ; elle avait fini pourtant par se dissoudre, pendant les débuts très heureux de son premier mariage, comme s'était dissous le regret, resté vif longtemps, de l'excitation de ces séjours en sa compagnie pleine d'esprit et flatteuse.

Moi non plus je n'ai jamais dit stop, tu sais. Ils étaient arrivés, François avait coupé le moteur, il corrigea vivement qu'il ne disait pas ça pour elle, allumant le plafonnier pour lui faire voir la sincérité de sa protestation. Lenka mesura à quel point toutes ces années avec Judith l'avaient tenu à l'écart et comme innocent de la vraie vie. Je ne suis pas différente des autres, et ce n'est jamais facile de dire stop. Elle aurait aimé ajouter, mais François était trop entier pour comprendre, que ce n'est pas facile quand il y a beaucoup à perdre, beaucoup d'avantages, de privilèges.

La légère torpeur du repas refluait ; Sofia sentait le cafard la reprendre et se répandre, nauséeux comme cette eau fétide qui soulevait les planchers. Clémence n'était pas encore partie, elle téléphonait devant la fenêtre de la cuisine, dans ce français mélangé d'allemand dont elle s'amusait avec sa fille. À l'emplacement du canapé, le tapis de poussière était gras de suie et comme pelucheux sous la balayette. Dans l'âtre encore chaud couvaient quelques braises ensevelies sous la cendre. Sofia ne trouva pas le courage de refaire une flambée, ne savait plus où s'asseoir, se demandait ce que fabriquaient les garçons et si elle avait raison de penser qu'elle pourrait vivre ici.

Elle ne s'était pas préoccupée de savoir si la maison était habitable en hiver, ce qu'il restait alors de vie dans les environs. Ni elle ni personne, à sa connaissance, n'y venait après les derniers beaux jours. Ses rares souvenirs de très petite fille étaient des souvenirs d'été, des moments inédits avec son père qui la suivait pas à pas sur la berge, prenant un intérêt fabuleux à sa science précoce des bestioles nichant dans la vase et à sa vaillance à s'enfoncer pieds nus dans les roseaux. Nancy disait que rien ne l'avait jamais passionné comme l'émergence d'une personnalité chez un enfant. Alors chez elle qu'on disait précoce et qui avait été tant désirée.

Clémence était là qui l'observait, debout, au seuil des lumières du séjour. Erika te remercie pour le canapé, dit-elle en s'invitant dans la pièce. Tu es toute seule ? Sofia chercha à interpréter son expression. Elle n'était pas sûre d'avoir eu raison de la braquer tout à l'heure, pas sûre non plus que ça n'ait pas ajouté à sa mélancolie.

Les mecs ont dû aller boire un verre, je crois qu'ils regrettent le scooter. Clémence rit de la remarque. Visiblement plus si pressée de partir, elle prit place (après avoir demandé si elle pouvait) dans le dernier fauteuil de la pièce, un haut fauteuil à oreillettes fait au corps de Nancy. Elle s'y cala, glissa ses mains sous ses cuisses, dans une attitude étonnamment gamine de sa part. Les jambes étaient croisées haut, superbement dessinées de muscles. Sofia se souvenait avoir entendu son père raconter que toute jeune adolescente, Clémence avait été la grâce incarnée, et d'une intrépidité magnifique, celle des grands timides. C'était encore vrai du moins pour la grâce, l'étrangeté du visage aussi, que dégageait très haut sur le front un large bandeau blanc.

Neuchâtel (octobre 2016)

Petite, Sofia avait beaucoup fantasmé cette cousine partie vivre ailleurs, réussissant à s'imposer, et dans une autre langue, dans un univers d'hommes réputé féroce. C'était l'aînée qui avait manqué à son enfance, très solitaire à Lyon et en décalage avec la famille de Delémont, leur accent, leurs façons, l'affection moqueuse de Jean-Philippe pour ce qu'elle incarnait du monde de son frère, un monde *hors sol*, comme il disait aujourd'hui. Dès qu'elle avait pu venir seule en train, elle avait hérité sa place de favorite rue Rosemont. Il restait plein de ses affaires, même des cahiers, des lettres en allemand. Je me souviens aussi de gants résilles et d'un vernis Mary Quant vert, ça me fascinait. Tu étais un peu punk, la taquina Sofia. Allongeant ses jambes dans la pénombre tiède de l'âtre, Clémence rectifia : *Punk de luxe* avait dit Karine à je ne sais plus qui. Elle parut méditer un instant ce souvenir qui alluma une lueur d'espièglerie dans ses yeux. On pouvait dire ça de sa nièce de dix-huit ans, commenta-t-elle, rêveuse. On se permettait tout, plus c'était interdit mieux c'était, rien ne nous paraissait grave, même ce qui faisait pleurer. Sofia tira sur le tapis et s'y assit au pied du fauteuil. Même d'être amoureuse de son oncle ? Nancy disait que tu l'étais de mon père. Clémence laissa retomber sa main, puis sa tête contre le haut du dossier. Ah bon, elle te disait ça ? Ton père n'a jamais été un oncle, il était bien trop différent, il était bien trop absent. La tête toujours reculée, Clémence la fixait à travers ses paupières mi-closes.

Dis-moi plutôt ce qui s'est passé tout à l'heure avec mon père ? demanda-t-elle en lui donnant une petite tape taquine avec son pied. Tu tiens vraiment à savoir ? Ça concerne Vincent, l'encouragea Clémence, après une hésitation, comme une légère apnée. Sofia s'allongea à demi sur le tapis, en appui sur les coudes. Il a essayé de se faire plusieurs de ses stagiaires, l'une au moins était sur le point de porter plainte, et ton père préférerait que ces choses restent entre adultes. Le visage de Clémence s'écarquilla légèrement de soupçon. Et qu'est-ce qu'on sait de ce qui s'est passé vraiment ? demanda-t-elle. Des dizaines de mails très cul, très explicitement cul, littéraires aussi, et sans doute excitants pour quelqu'un qui serait consentant. Clémence continuait à la dévisager avec insistance, et Sofia ne voulut pas la laisser penser, car c'est ce que trahissait le léger pli à ses lèvres, à son front, que ces filles étaient consentantes. Elles ne l'étaient pas, consentantes, ou pas toutes.

Ou pas comme lui l'imaginait, la coupa Clémence.

Sofia se laissa retomber sur le dos, sa tête heurtant durement le sol, une première fois puis à nouveau, plus fort, pour bien faire entendre l'insondable colère que Clémence lui déniait, comme son père tout à l'heure, par cette exaspérante circonspection à réagir. Ces filles n'avaient même pas trente ans et lui près de quatre-vingts, lui asséna-t-elle en se redressant, tu trouves ça excusable ? Clémence s'était penchée vers elle, sa main chauffait son genou. Tu bossais avec lui… commença-t-elle, laissant aussitôt la phrase en suspens, comme pour reprendre l'insinuation probablement involontaire dont Sofia se sentit pourtant agressée. Oui je bossais avec lui, mais je n'ai rien su, ricana-t-elle. Ses rapports avec moi agaçaient, personne ne m'aurait raconté quoi que ce soit. Autrement, bien sûr, elle avait su des choses, poursuivit-elle moins rudement. Elle se souvenait d'une baby-sitter qu'ils avaient emmenée avec eux en Italie. On rentrait avec maman, on l'a vue sortir de la chambre à poil et se glisser dans la salle de bains. Je vois encore sa chatte, dodue et rousse, qui m'avait fait un effet horriblement dérangeant. Maman a attendu la nuit pour plier bagage. Je me souviens du bruit de nos pas dans les ruelles, des voix aux fenêtres éteintes, de l'espèce de fureur des chats.

Clémence l'écoutait, les bras à plat sur ses cuisses. Et qu'est-ce que ta mère dit de tout ça ? Comme à son habitude, elle a filé. Elle vit à Marseille depuis le début de l'année. Avec un mec à femmes, s'est-elle vantée. Le visage de Clémence se plissa de tendresse, et Sofia se laissa bousculer doucement dans ses bras, une chaude étreinte parfumée, miraculeuse.

Dehors les phares de la voiture balayaient la berge. Ils restèrent un instant braqués à fleur de roseaux, puis l'autoradio s'éteignit, et des voix jaillirent, toutes proches. Clémence regarda sa montre. Il va falloir que j'y aille, parut-elle déplorer en posant ses poings sur le rebord du fauteuil pour y chercher l'élan, ou l'autorisation, de la laisser.

Elles sortirent par la terrasse. Une fenêtre s'ouvrit à l'étage et un bonsoir vola jusqu'à elles. Clémence marchait lentement, son sac à l'épaule comme un baluchon. On entendait la circulation au-delà de la pépinière de pavillons qui allumait le ciel au-dessus du lac. Tu te souviens que les nuits étaient bien plus noires ? demanda Clémence d'une voix extasiée. Elle s'était retournée, semblant vouloir se faire un dernier souvenir des lieux et de Sofia dans ce décor. Nancy n'aurait jamais imaginé que tu t'installerais un jour ici, elle te voyait faire ta vie à Londres, une vie qu'elle aurait enviée. Ton père aussi serait tombé des nues, dit-elle après l'avoir embrassée. Comme il serait tombé des nues en apprenant que cette fille comptait porter plainte contre lui. Et sans lui laisser le temps de réagir, elle ajouta : Ça va te paraître révoltant, mais je sais qu'il en aurait été malheureux.

Remerciements

Tous mes remerciements à Béatrice (et Léon), des Plumes de Léon, pour les séjours tendres et studieux à Saint-Léon-sur-Vézère,

à Marie pour nos résidences amicales partagées à l'Orangerie, à la Villa La Brugère à Arromanche (merci aussi à Marie-Thérèse), au Centre chorégraphique Le Phare, au Havre, à Niort…

Table

Cet ouvrage a été mis en pages par

<pixellence>

CET OUVRAGE
A ÉTÉ ACHEVÉ D'IMPRIMER
SUR ROTO-PAGE
PAR L'IMPRIMERIE FLOCH
À MAYENNE EN DÉCEMBRE 2023

N° d'édition : 439219-0. N° d'impression : 103757
Dépôt légal : janvier 2024
Imprimé en France